COLLECTION
FOLIO BILINGUE

Tourguéniev

Первая любовь
Premier amour

Traduit du russe,
préfacé et annoté par
Edith Scherrer

Gallimard

NOTE SUR LA PRÉSENTE ÉDITION

La présente édition a été établie d'après l'édition complète des œuvres de Tourguéniev publiée de 1960 à 1968 à Moscou-Leningrad par l'Académie des sciences de l'U.R.S.S. Elle comprend 15 volumes pour les œuvres et 15 volumes (13 tomes) pour la correspondance. C'est la dernière édition complète à ce jour ; elle donne le texte de la dernière édition autorisée par l'auteur.

PRÉFACE

Les manuscrits de Tourguéniev conservés à la Bibliothèque nationale de Paris contiennent une liste des personnages de *Premier amour* qu'André Mazon a pu dater de janvier 1858[1]. C'est la première trace que nous ayons de la nouvelle. Le 23 octobre/4 novembre 1859, Tourguéniev écrivait à son ami Annenkov : « *La Bibliothèque de lecture* sait que je n'ai pas de nouvelle prête, mais que je vais m'efforcer, et j'espère pouvoir le faire, d'écrire au moins une petite chose pour elle[2]. » Cette « petite chose » est *Premier amour* que Tourguéniev se mit à écrire après avoir achevé *A la veille*. La feuille de titre du manuscrit destiné à la composition porte la mention, de la main de l'écrivain : « Commencée à Pétersbourg dans les premiers jours de 1860. Achevée à Pétersbourg le jeudi 10/22 mars 1860. »

L'œuvre parut pour la première fois dans la revue *La Bibliothèque de lecture*, 1860, nº 3. La première édition en volume eut lieu la même année dans le

1. André Mazon, *Manuscrits parisiens d'Ivan Tourguéniev*, Paris, Champion, 1930, p. 19-22 et 60.
2. Tourguéniev, *Correspondance générale*, t. III, p. 359.

volume III des œuvres de Tourguéniev, à Moscou.

Le sujet de Premier amour *est autobiographique. Ce fut vraiment l'histoire du premier amour de Tourguéniev, comme il l'a dit lui-même et comme en font foi les quelques lignes résumant l'année 1833 du* Mémorial, *ce petit cahier de notes autobiographiques de Tourguéniev, conservé à la Bibliothèque nationale : « 1833. Nouvel an à Moscou. (Premier amour) Princesse Chakhovskoï. [...] Vie à la maison de campagne en face du Niéskoutchny. »*

*N. Tchernov a pu établir que le prototype de Zénaïde était la princesse Catherine Lvovna Chakhovskoï, qui avait dix-neuf ans en 1833. Elle était la propre nièce du dramaturge A. A. Chakhovskoï. Sa famille vivait presque dans la pauvreté. A l'époque, sa mère possédait une maison à Moscou, près de la barrière de Kalouga, en face du jardin Niéskoutchny, et c'est peut-être bien cette maison que louèrent les Tourguéniev pour passer l'été de 1833. Catherine Chakhovskoï était une jeune poétesse qui publia des vers en 1832 et 1833, vers qui rappellent les improvisations poétiques de Zénaïde. Elle eut certainement une liaison avec le père de Tourguéniev ce fameux été : la mère de Tourguéniev, Barbe Pétrovna, s'en souvenait avec hargne plusieurs années plus tard et écrivait à son fils le 26 mars 1839 : « La princesse Ch., que sa mémoire soit maudite ! [...] La scélérate lui écrivait en vers quand il est parti [...] De tout ce que je dis ou écris, j'ai des preuves écrites... Avant je n'en ai pas parlé, mais lis-les maintenant [...] *ne jamais prononcer devant moi ce nom maudit*. » En sep-*

* Les passages cités entre astérisques sont en français dans le texte.

tembre 1835, un an après la mort du père de Tourguéniev, la « scélérate » épousa un certain Vladimirov et alla s'installer avec lui à Pétersbourg. Elle mourut neuf mois et onze jours après son mariage[1].

D'autre part, Peter Brang a indiqué une source littéraire de l'héroïne de la nouvelle : il a remarqué très justement les liens qui existent entre la Zénaïde de Premier amour, *qui finit par épouser un Dolski, et la Zénaïde Volski du fragment en prose de Pouchkine,* Les invités se rassemblaient à la maison de campagne[2].

L'action de la nouvelle se passe également en 1833. Tourguéniev avait alors quinze ans, son père, né en 1793, en avait quarante et sa mère, née en 1787, en avait quarante-six.

Les trois premiers personnages indiqués par la liste de 1858 apparaissent ainsi :

« *Moi, jeune garçon, 13* [corrigé en *15*] *ans.*
« *Mon père, oncle* [ces deux derniers mots sont biffés] — *38 ans.*
« *Ma mère — 36* [corrigé en *40*] *ans.* »

Tourguéniev avait sans doute pensé situer l'action deux ans plus tôt. L'âge de sa mère, « 36 ans », doit être une erreur pour 46 ans.

Tourguéniev a également hésité sur le personnage du père, transformé un moment en oncle et même en beau-père. Dans la version définitive, il est revenu

1. N. Tchernov, *La nouvelle de I. S. Tourguéniev « Premier amour » et ses sources réelles. Questions de littérature,* 1973, n° 9.
2. Tourguéniev, *Premier amour,* Préface de Peter Brang, Paris, Garnier-Flammarion, 1974, p. 16-17.

au père et il a encore modifié l'âge de ses personnages : le jeune héros a seize ans, son père en a quarante et sa mère cinquante.

Les autres personnages de la liste sont les suivants :

« *Zénaïde Nikolaïevna — 20 ans.*
« *Sa mère, 45 ans, son frère, 14 ans.*
« *Le hussard Biélovzorov, 26 ans.*
« *Maïdanov, poète de l'école romantique, 22 ans.*
« *Louchine Voïne Ossipovitch, 34 ans.*
« *Le comte Malievski, 30 ans.*
« *Nirmatski, 56* [corrigé en 50] *ans.* »

La situation familiale du jeune héros et le portrait de ses parents suivent de près la réalité. Tourguéniev a seulement fait de Vladimir un enfant unique, alors que lui-même avait deux frères, Nicolas et Serge, personnages qui auraient été bien inutiles dans la nouvelle. Le père de Tourguéniev avait effectivement épousé sa femme, plus âgée que lui et riche propriétaire, par intérêt. Il était fort beau et s'intéressait assez peu à la vie de famille. Voici les confidences de Tourguéniev à ce sujet, rapportées par Mme N. A. Ostrovski dans ses Souvenirs *: « Dans* Premier amour, *j'ai représenté mon père. Beaucoup de personnes me l'ont reproché et m'ont reproché en particulier de ne l'avoir jamais dissimulé. Mais je pense qu'il n'y a rien de mal à cela. Je n'ai pas de raison de le dissimuler. Mon père était un bel homme ; je puis le dire puisque je ne lui ressemble en rien, de visage je ressemble à ma mère. Il était très beau, de la véritable beauté russe. Il était d'habitude froid, inaccessible, mais il lui suffisait de vouloir plaire pour que son visage et ses*

manières prennent un charme irrésistible. C'est ce qui arrivait particulièrement avec les femmes qui lui plaisaient. » *Mme Ostrovski rapporte ensuite le dialogue suivant entre l'écrivain et elle-même :*

« *Ce jeune homme, c'est votre très humble serviteur.*
— *Comment ? Et vous étiez si amoureux ?*
— *Oui, je l'étais.*
— *Et vous vous êtes promené avec un couteau ?*
— *Oui, je me suis promené avec un couteau*[1]. »

A. V. Polovtsev confirme les souvenirs de Mme Ostrovski en rapportant ces paroles de Tourguéniev : « *Je relis une seule nouvelle avec plaisir. C'est* Premier amour. *Elle est même mon œuvre préférée. Pour le reste, bien qu'il y ait quelque chose d'inventé, mais peu,* Premier amour *décrit un événement réel sans le moindre enjolivement et quand je le relis, les personnages se dressent devant moi comme s'ils étaient vivants*[2]. »

Un autre détail de la nouvelle est exact. Le père de Tourguéniev mourut, comme le père de Vladimir, prématurément en 1834 à Pétersbourg.

Suivant son habitude, Tourguéniev lut sa nouvelle, dès qu'elle fut achevée, à ses amis écrivains et critiques. Voici ce qu'il en dit à Fet dans une lettre du 13-16ș25-28 mars 1860 : « *Ma nouvelle s'appelle* Premier amour. *Le sujet vous en est, semble-t-il connu. Je l'ai lu ces jours-ci à un aréopage composé d'Ostrovski, Pissemski, Annenkov, Droujinine et*

1. *I. S. Tourguéniev dans les souvenirs de ses contemporains,* Moscou, 1969, t. II, p. 79.
2. Tourguéniev, *Œuvres complètes,* t. IX, p. 460.

Maïkov; Gontcharov qui avait été invité est arrivé cinq minutes après la fin de la lecture. L'aréopage a été content et n'a fait que quelques remarques sans importance; il reste à savoir ce que dira le public *que vous détestez tant*[1]. »

Un certain nombre de critiques et d'amis de Tourguéniev, tout en reconnaissant l'art du conteur, se montrèrent déçus et même choqués par la nouvelle. Elle ne touchait pas, en effet, aux grandes questions politiques et sociales qui agitaient la société russe, elle ne montrait pas de types humains pleins de noblesse et d'idéal. D'autre part, plusieurs trouvèrent la situation décrite parfaitement immorale: comment pouvait-on montrer un père et un fils amoureux de la même femme, un homme marié devenir l'amant d'une jeune fille!

C'est ainsi que le critique des Nouvelles de Moscou, *dans le numéro du 7-19 mai 1860, se montrait déçu par* Premier amour*:* « *Cette dernière nouvelle ne suscite en vous aucune grande question; elle ne contient pas de types nobles qui éveillent la sympathie. L'intérêt est surtout concentré sur le sentiment de l'amour esthétique; le héros de la nouvelle est un personnage antipathique bien qu'il se drape devant nous dans une sorte de cape espagnole et affecte d'être un homme à la volonté de fer; mais, hélas, ce monsieur à la volonté de fer s'est marié par intérêt et, à travers ses manières élégantes, aristocratiques, jointes à une extraordinaire maîtrise de soi, le lecteur voit clairement sa nature froide et égoïste qui ne sert que l'idée du confort et de son propre plaisir* [...]. *L'héroïne de*

1. Tourguéniev, *Correspondance générale*, t. IV, p. 53-54.

cette nouvelle n'est rien d'autre qu'une personne coquette, capricieuse au plus haut point et qui est loin d'être morale. Par conséquent, il n'y a pas ici d'idéaux pour notre vie[1]. »

Dobrolioubov vit en Zénaïde « quelque chose d'intermédiaire entre un Pétchorine et un Nozdriov en jupon[2]. [...] *Personne n'a jamais rencontré une femme pareille et ne souhaiterait en rencontrer*[3]. »

Pourtant, d'autres critiques furent enthousiasmés par l'œuvre, en particulier Apollon Grigoriev qui, dans son article « L'art et la moralité », paru dans le numéro 1 de 1861 de la revue Le Flambeau, *prit la défense de la nouvelle: « Les lecteurs* [...] *lisent* Premier amour *avec un frisson de plaisir bien qu'il ne s'y trouve rien qui accuse, qui édifie, bien qu'il n'y ait rien qu'élan, parfum et poésie... mais la critique et une partie de l'opinion publique poussent les hauts cris en faveur de la moralité*[4]. »

La comtesse Lambert, à la stricte moralité chrétienne, écrivait à Tourguéniev le 30 janvier 1861: « L'Empereur a lu cet été à haute voix chez l'Impératrice votre Premier amour, *il en a été ravi, dit-on. » Mais elle ajoutait aussitôt: « Il me semble que ce livre-là est une de vos mauvaises actions mais vous faites le mal d'une façon irrésistible*[5]. » *Et Tourgué-*

1. Tourguéniev, *Œuvres complètes*, t. IX, p. 464.
2. Pétchorine est le héros de l'œuvre de Lermontov, *Un héros de notre temps*. Nozdriov est un des personnages des *Ames mortes* de Gogol.
3. Dobrolioubov, « Un rayon de lumière dans le royaume des ténèbres », *Œuvres complètes*, Moscou-Leningrad, 1934-1941, t. II, p. 345 et 575.
4. Tourguéniev, *Œuvres complètes*, t. IX, p. 465.
5. H. Granjard, *Ivan Tourguéniev, la comtesse Lambert et « Nid de seigneurs »*, Paris, 1960, p. 136.

niev lui répondait le 16-18ṣ28 février-2 mars 1861 : « [...] le fait que je n'imaginais pas du tout le sujet choisi par moi comme immoral ne peut me servir d'excuse. C'est plutôt *une circonstance aggravantc*. Je mc permettrai pourtant de protester contre une chose : je n'ai aucunement écrit avec le désir de viser à l'effet, comme on dit ; je n'ai pas inventé cette nouvelle ; elle m'a été donnée tout entière par la vie elle-même. Je m'empresse d'ajouter que cela ne me justifie pas : je n'aurais sans doute pas dû toucher à tout cela. Je dis : sans doute, parce que je ne veux pas mentir. Si quelqu'un me demandait si je serais d'accord pour anéantir cette nouvelle de telle sorte qu'il n'en reste pas trace... je secouerais négativement la tête[2]. »

Louis Viardot se montra outré de Premier amour :

« Mon cher ami,

« Je vais vous parler à cœur ouvert de votre Premier amour.

« Franchement, si j'avais été le directeur de la Revue des Deux Mondes, j'aurais aussi refusé ce petit roman, et par le même motif. Je crains bien qu'il n'appartienne à votre insu à ce qu'on nomme justement la littérature mal-saine [sic]. Tous les personnages y touchent à l'odieux, et la vieille princesse au tabac, et la jeune fille dont la coquetterie se met aux enchères, et le hussard et le Polonais, et le poète ; aucun d'eux n'intéresse ou n'amuse. Qui va-t-elle choisir parmi ses adorateurs, cette nouvelle Dame aux camélias ? Un homme marié. Encore l'adultère, tou-

1. Tourguéniev, Correspondance générale, t. IV, p. 201-202.

jours l'adultère florissant et glorifié ! Cet homme a épousé une vieille femme par calcul ; il dépense la fortune de cette femme à s'acheter de jeunes maîtresses. N'importe ; c'est un homme charmant, adorable, irrésistible. Pourquoi, du moins, ne l'avoir pas fait veuf ? A quoi sert la triste et inutile figure de sa femme ? Et qui est-ce qui raconte cette scandaleuse histoire ? Son fils, ô honte ! Son propre fils, qui n'imite pas les enfants de Noé couvrant l'ivresse et la nudité de leur père, mais qui les étale au grand jour. Et ce n'est pas à seize ans qu'il parle, mais à quarante, quand ses cheveux grisonnent ; et il ne trouve pas un mot de blâme ou de regret sur la déplorable situation de ses parents. A quoi sert, après cela, le talent dépensé sur un tel sujet[1] *?* »

Et cela de la part d'un homme qui se plaisait à rapporter les cancans les plus scabreux et du goût le plus douteux, de la part d'un homme dont la situation familiale pouvait susciter quelques sourires !

Tourguéniev avait pourtant pris quelques précautions, comme il l'écrivit à Fet : « *Si j'ai ajouté la vieille à la fin, c'est premièrement parce qu'il en fut réellement ainsi, et deuxièmement parce que, sans cette fin refroidissante, les cris à l'immoralité auraient été encore plus forts*[2]. »

C'est peut-être sous l'influence de Viardot que Tourguéniev ajouta un épilogue pour la traduction française de son œuvre, faite par H. Delaveau et

1. Lettre à Tourguéniev du 23 novembre 1860, publiée par A. Zviguilsky dans *Ivan Tourguéniev, Nouvelle correspondance inédite*, t. II, Paris, Librairie des Cinq Continents, 1972, p. 115-116.

2. Lettre du 1/13 juin 1860, Tourguéniev, *Correspondance générale*, t. IV, p. 86.

parue en 1863 dans le volume Nouvelles scènes de la vie russe. Éléna. Un premier amour[1]. *Le lecteur trouvera cet épilogue à la note 23 de la page 220. Comme le dit A. Zviguilsky*[2], *la discussion finale des deux amis du narrateur « apporte un semblant de morale à l'histoire : ce n'est pas le jeune homme qui est fautif, mais la société corrompue qui l'entoure ».*

Cet épilogue est bien de Tourguéniev : le brouillon autographe, en russe, datant de 1863, est conservé à la Bibliothèque nationale[3]. *La traduction allemande, parue en 1865, contient également cet épilogue. Mais quand le XI*e *volume des œuvres de Tourguéniev en allemand parut en 1881, avec, encore une fois, ces malheureuses pages, Tourguéniev protesta dans une lettre du 3/15 février 1882 à Ludwig Pietsch en lui affirmant qu'il ne les avait jamais écrites et qu'elles étaient dues à son traducteur français, Louis Viardot. Tourguéniev ajoutait : « Dans l'édition russe originale, il n'y en a pas trace. Je n'ai pas protesté. Peut-être aurait-il fallu le faire, mais vous savez combien je me préoccupe peu de mes œuvres après leur publication. Malheureusement, ces considérations accessoires — et cette fois tout à fait contre mon gré — ont passé dans la traduction allemande. Vous savez, naturellement, combien des conclusions de cette sorte me sont étrangères... Toutes ces ratiocinations complémentaires et ces réflexions tardives me rap-*

1. Paris, Dentu, 1863.
2. *Ivan Tourguéniev, Nouvelle correspondance inédite*, éd. cit., p. XXIX-XXX.
3. Voir A. Mazon, *Manuscrits parisiens d'Ivan Tourguéniev, Notices et extraits*, Paris, Champion, 1930, p. 62-63.

pellent les gloussements d'une poule après *qu'elle a pondu son œuf, elles sont parfaitement inutiles et ne font que déconcerter le lecteur*[1]. »

Cette lettre soulève quelques difficultés. Tourguéniev y dit que son traducteur français était Viardot. Or la première édition française, parue en mars 1863, donne la traduction de Delaveau. Si Viardot avait fait une première traduction dès 1860, comme le suppose A. Zviguilsky[2], *avec qui l'aurait-il faite puisqu'il connaissait fort peu le russe et se contentait d'arranger la version française que lui donnait Tourguéniev ? Et pourquoi y aurait-il eu une autre traduction plus tard ? Il est tout à fait possible que la traduction de Delaveau ait été prête bien avant 1863, comme celle de* A la veille[3] *qu'avait lue Mérimée dès octobre 1861 puisqu'il écrivait le 23 de ce mois à Mme de Circourt : « Je traite demain M. de Tourgueneff et Sobolewski, dont le premier arrive de Russie et le second y retourne. Lisez-vous la nouvelle nouvelle de M. de Tourgueneff,* Elena *? Il a un drôle de traducteur*[4]. »

Quel que soit le premier traducteur de Premier amour, *Tourguéniev se trompe visiblement en affirmant qu'il n'est pas l'auteur de l'épilogue. Sa mémoire le trahit vingt ans plus tard et il met au compte de Viardot des pages qu'il a sans doute écrites sous son influence, mais qu'il a reniées formellement*

1. Tourguéniev, *Correspondance générale*, t. XIII-1, p. 196. En allemand dans le texte.
2. *Ivan Tourguéniev, Nouvelle Correspondance inédite*, éd. cit., p. 115-116.
3. Paru sous le titre de *Eléna* dans le volume de mars 1863.
4. M. Parturier, *Une amitié littéraire, Prosper Mérimée et Ivan Tourguéniev*, Hachette, 1952, p. 22.

par la suite et qu'il n'a jamais ajoutées aux éditions en russe.

Flaubert, lui, ne fut pas rebuté, comme on pense, par « l'immoralité » de l'œuvre et de l'héroïne. Il écrivait à Tourguéniev le 24 ou 31 mars 1863: « Quant à votre Premier amour, *je l'ai d'autant mieux compris que c'est la propre histoire d'un de mes amis très intimes. Tous les vieux romantiques (et j'en suis un, moi qui ai couché la tête sur un poignard), tous ceux-là doivent vous être reconnaissants pour ce petit conte qui en dit si long sur leur jeunesse. Quelle fille excitante que Zinotchka! C'est une de vos qualités que de savoir inventer des femmes. Elles sont idéales et réelles. Elles ont l'attraction et l'auréole. Mais ce qui domine toute cette œuvre et même tout le volume, ce sont ces deux lignes: " Je n'éprouvais pour mon père aucun sentiment mauvais. Au contraire, il avait encore grandi, pour ainsi dire, à mes yeux." Cela me semble d'une profondeur effrayante. Sera-ce remarqué? Je n'en sais rien. Mais, pour moi, voilà du sublime. »*

Du vivant de l'auteur, Premier amour *parut, en plus du français (1863) et de l'allemand (1865), en suédois (1868), danois (1872) et italien (1876).*

ÉDITH SCHERRER.

Первая любовь
Premier amour

Посвящено П. В. Анненкову

Гости давно разъехались. Часы пробили половину первого. В комнате остались только хозяин, да Сергей Николаевич, да Владимир Петрович.

Хозяин позвонил и велел принять остатки ужина.

— Итак, это дело решенное, — промолвил он, глубже усаживаясь в кресло и закурив сигару, — каждый из нас обязан рассказать историю своей первой любви. За вами очередь, Сергей Николаевич.

Сергей Николаевич, кругленький человек с пухленьким белокурым лицом, посмотрел сперва на хозяина, потом поднял глаза к потолку.

— У меня не было первой любви, — сказал он наконец, — я прямо начал со второй.

— Это каким образом?

— Очень просто. Мне было восемнадцать лет, когда я в первый раз приволокнулся за одной

1. Paul Vassiliévitch Annenkov (1813-1887), homme de lettres et critique littéraire, ami proche de Biélinski, Herzen, Gogol, Tourguéniev. C'est à lui que Gogol dicta à Rome la

Dédié à P. V. Annenkov[1]

Les invités étaient partis depuis longtemps. La pendule sonna la demie de minuit. Il ne restait dans la pièce que le maître de maison, Serge Nikolaïévitch et Vladimir Pétrovitch.

Le maître de maison sonna et donna l'ordre de desservir.

« Ainsi, c'est une chose décidée, dit-il en s'enfonçant plus confortablement dans son fauteuil et en allumant un cigare, chacun d'entre nous s'engage à raconter l'histoire de son premier amour. À vous l'honneur, Serge Nikolaïévitch. »

Serge Nikolaïévitch, un homme replet, blond, au visage dodu, regarda d'abord le maître de maison, puis leva les yeux au plafond.

« Je n'ai pas eu de premier amour, dit-il enfin, j'ai commencé tout de suite par le deuxième.

— Comment cela ?

— C'est très simple. J'avais dix-huit ans quand je courtisai pour la première fois une demoiselle tout

première partie des *Âmes Mortes*. Il établit la première édition complète des œuvres de Pouchkine. Ses mémoires sont un document capital pour l'histoire de la vie littéraire en Russie.

весьма миленькой барышней; но я ухаживал за ней так, как будто дело это было мне не внове: точно так, как я ухаживал потом за другими. Собственно говоря, в первый и последний раз я влюбился лет шести в свою няню; но этому очень давно. Подробности наших отношений изгладились из моей памяти, да если б я их и помнил, кого это может интересовать?

— Так как же быть? — начал хозяин. — В моей первой любви тоже не много занимательного; я ни в кого не влюблялся до знакомства с Анной Ивановной, моей теперешней женой, — и всё у нас шло как по маслу: отцы нас сосватали, мы очень скоро полюбились друг другу и вступили в брак не мешкая. Моя сказка двумя словами сказывается. Я, господа, признаюсь, поднимая вопрос о первой любви, надеялся на вас, не скажу старых, но и не молодых холостяков. Разве вы нас чем-нибудь потешите, Владимир Петрович?

— Моя первая любовь принадлежит действительно к числу не совсем обыкновенных, — ответил с небольшой запинкой Владимир Петрович, человек лет сорока, черноволосый, с проседью.

— А! — промолвили хозяин и Сергей Николаевич в один голос. — Тем лучше... Рассказывайте.

— Извольте... или нет: рассказывать я не стану; я не мастер рассказывать: выходит сухо и коротко или пространно и фальшиво; а если позволите, я запишу всё, что вспомню, в тетрадку — и прочту вам.

Приятели сперва не согласились, но Владимир

à fait charmante ; mais je lui fis la cour comme si ce n'était pas une chose nouvelle pour moi : exactement comme je fis ensuite la cour à d'autres. À vrai dire, je fus amoureux pour la première et dernière fois vers l'âge de six ans, de ma bonne ; mais il y a de cela bien longtemps. Les détails de nos relations se sont effacés de ma mémoire et quand bien même je m'en souviendrais, qui cela pourrait-il intéresser ?

— Qu'allons-nous faire ? dit le maître de maison. Dans mon premier amour, il n'y a rien non plus de bien intéressant ; je n'ai été amoureux de personne avant de faire la connaissance d'Anne Ivanovna, ma femme, et tout a été on ne peut plus facile : nos pères nous ont choisis l'un pour l'autre, nous avons très vite commencé à éprouver un amour réciproque et nous nous sommes mariés sans attendre. Mon histoire tient en deux mots. J'avoue, messieurs, qu'en soulevant la question du premier amour, j'espérais en vous, je ne dirai point vieux célibataires, mais enfin point tout jeunes célibataires. N'aurez-vous rien pour nous distraire, Vladimir Pétrovitch ?

— Mon premier amour, en effet, n'est pas tout à fait ordinaire, répondit en hésitant légèrement Vladimir Pétrovitch, quadragénaire aux cheveux noirs grisonnants.

— Ah ! firent d'une seule voix les deux autres. Cela n'en vaut que mieux... Racontez.

— Soit... ou plutôt non : je ne vais pas raconter ; ce n'est pas mon fort : je raconte d'une façon sèche et brève ou bien prolixe et fausse. Si vous le permettez, j'écrirai dans un petit cahier tout ce dont je me souviens et je vous le lirai. »

Les amis s'y opposèrent d'abord, mais Vladimir

Петрович настоял на своем. Через две недели они опять сошлись, и Владимир Петрович сдержал свое обещание.

Вот что стояло в его тетрадке:

I

Мне было тогда шестнадцать лет. Дело происходило летом 1833 года.

Я жил в Москве у моих родителей. Они нанимали дачу около Калужской заставы, против Нескучного. Я готовился в университет, но работал очень мало и не торопясь.

Никто не стеснял моей свободы. Я делал что хотел, особенно с тех пор, как я расстался с последним моим гувернером-французом, который никак не мог привыкнуть к мысли, что он упал «как бомба» (comme une bombe) в Россию, и с ожесточенным выражением на лице по целым дням валялся на постели. Отец обходился со мной равнодушно-ласково; матушка почти не обращала на меня внимания, хотя у ней, кроме меня, не было детей: другие заботы ее поглощали. Мой отец, человек еще молодой и

2. Le jardin Niéskoutchny reçut son nom d'une folie, baptisée « Niéskoutchnoïé » (littéralement « sans ennui »), qu'y possédait au milieu du XVIIIe siècle le prince N. Iou. Troubetzkoï. Le jardin comprenait également à l'origine les maisons de campagne, aux immenses bois et jardins, des princes Golitsyne et du millionnaire P. A. Démidov.

En 1830, un théâtre en plein air de 1 500 places fut construit dans le jardin. Ce théâtre devint aussitôt extrêmement populaire parmi les Moscovites.

Après son couronnement, en 1826, Nicolas Ier acheta pour

Pétrovitch finit par les convaincre. Deux semaines plus tard, ils se réunirent à nouveau et Vladimir Pétrovitch tint sa promesse.

Voici ce qu'il avait écrit.

I

J'avais alors seize ans. Cela se passait pendant l'été de 1833.

Je vivais à Moscou chez mes parents. Ils louaient une maison de campagne près de la barrière de Kalouga, en face du jardin Niéskoutchny[2]. Je préparais l'examen d'entrée à l'université, mais travaillais fort peu et sans hâte.

Personne n'entravait ma liberté. Je faisais ce que je voulais, surtout depuis que je m'étais séparé de mon dernier précepteur, un Français, qui n'avait jamais pu s'habituer à l'idée qu'il était tombé *comme une bombe* en Russie et qui passait des journées entières vautré sur son lit, avec un air excédé. Mon père se montrait avec moi d'une indifférence affectueuse ; ma mère ne faisait presque pas attention à moi bien qu'elle n'eût pas d'autre enfant : d'autres soucis l'absorbaient. Mon père,

sa femme, l'impératrice Alexandra Fiodorovna, la propriété « Niéskoutchnoïé », puis, en 1832 et 1842, les deux autres. Le jardin Niéskoutchny, ou Alexandra, était formé. Il s'étendait sur plus de 35 hectares. Quand la famille impériale ne se trouvait pas à Moscou, il était ouvert au public qui en fit un de ses lieux de promenade favoris.

Le palais construit par Démidov en 1756 est devenu le Praesidium de l'Académie des sciences de l'U.R.S.S.

A l'heure actuelle, le jardin Niéskoutchny est devenu une partie du parc central de culture et de repos Gorki.

очень красивый, женился на ней по расчету; она была старше его десятью годами. Матушка моя вела печальную жизнь: беспрестанно волновалась, ревновала, сердилась — но не в присутствии отца; она очень его боялась, а он держался строго, холодно, отдаленно... Я не видал человека более изысканно спокойного, самоуверенного и самовластного.

Я никогда не забуду первых недель, проведенных мною на даче. Погода стояла чудесная; мы переехали из города девятого мая, в самый Николин день. Я гулял — то в саду нашей дачи, то по Нескучному, то за заставой; брал с собою какую-нибудь книгу — курс Кайданова, например, — но редко ее развертывал, а больше вслух читал стихи, которых знал очень много на память; кровь бродила во мне, и сердце ныло — так сладко и смешно: я всё ждал, робел чего-то и всему дивился и весь был наготове; фантазия играла и носилась быстро вокруг одних и тех же представлений, как на заре стрижи вокруг колокольни; я задумывался, грустил и даже плакал; но и сквозь слезы и сквозь грусть, навеянную то певучим стихом, то красотою вечера, проступало, как весенняя травка, радостное чувство молодой, закипающей жизни.

encore jeune et très beau, l'avait épousée par intérêt ; elle était plus âgée que lui de dix ans. La vie que menait ma mère était triste : elle était constamment alarmée, jalouse, en colère, mais pas en présence de mon père ; elle le craignait beaucoup et lui, il était sévère, froid, lointain... Je n'ai jamais vu d'homme plus calme, sûr de lui et autoritaire avec autant d'élégance.

Je n'oublierai jamais les premières semaines que je passai à la maison de campagne. Le temps était superbe ; nous avions quitté la ville pour nous y installer le neuf mai, le jour même de la Saint-Nicolas. Je me promenais dans notre jardin ou dans le jardin Niéskoutchny ou bien au-delà de la barrière ; j'emportais un livre, le cours de Kaïdanov[3] par exemple, mais je l'ouvrais rarement, préférant réciter tout haut des vers dont je savais une grande quantité par cœur ; le sang frémissait dans mes veines et j'avais le cœur en peine, d'une manière délicieuse et étrange : j'attendais quelque chose, j'avais un timide effroi de je ne sais quoi, je m'étonnais de tout et tout mon être était prêt ; ma fantaisie jouait et courait autour des mêmes images comme les martinets autour d'un clocher à l'aube ; je devenais rêveur, triste et je pleurais même ; mais à travers mes larmes et à travers ma tristesse, inspirée par un vers chantant ou la beauté du soir, perçait, comme la jeune herbe au printemps, le sentiment joyeux d'une vie jeune, bouillonnante.

3. I. K. Kaïdanov (1780-1843), historien, auteur de nombreux manuels d'histoire générale et d'histoire russe.

У меня была верховая лошадка, я сам ее седлал и уезжал один куда-нибудь подальше, пускался вскачь и воображал себя рыцарем на турнире — как весело дул мне в уши ветер! — или, обратив лицо к небу, принимал его сияющий свет и лазурь в разверстую душу.

Помнится, в то время образ женщины, призрак женской любви почти никогда не возникал определенными очертаниями в моем уме; но во всем, что я думал, во всем, что я ощущал, таилось полусознанное, стыдливое предчувствие чего-то нового, несказанно сладкого, женского...

Это предчувствие, это ожидание проникло весь мой состав: я дышал им, оно катилось по моим жилам в каждой капле крови... ему было суждено скоро сбыться.

Дача наша состояла из деревянного барского дома с колоннами и двух низеньких флигельков; во флигеле налево помещалась крохотная фабрика дешевых обоев... Я не раз хаживал туда смотреть, как десяток худых и взъерошенных мальчишек в засаленных халатах и с испитыми лицами то и дело вскакивали на деревянные рычаги, нажимавшие четырехугольные обрубки пресса, и таким образом тяжестью своих тщедушных тел вытискивали пестрые узоры обоев. Флигелек направо стоял пустой и отдавался внаймы. В один день — недели три спустя после девятого мая — ставни в окнах этого флигелька открылись, показались в них женские лица — какое-то семейство в нем поселилось. Помнится, в тот же день за обедом матушка осведомилась у дво-

J'avais une petite jument, je la sellais moi-même et m'en allais tout seul au loin, je me mettais à galoper et m'imaginais chevalier à un tournoi — comme le vent me soufflait alors joyeusement aux oreilles ! — ou bien, le visage tourné vers le ciel, je recevais sa lumière et son azur éclatants dans mon âme grande ouverte.

Je me souviens qu'en ce temps-là, l'image de la femme, la vision de l'amour féminin n'apparaissait presque jamais à mon esprit sous des traits précis ; mais en tout ce que je pensais, en tout ce que je ressentais, il se cachait le pressentiment à demi conscient, pudique, de quelque chose de nouveau, d'indiciblement doux, féminin...

Ce pressentiment, cette attente, pénétrait tout mon corps : je le respirais, il coulait dans mes veines avec chaque goutte de mon sang... il devait se réaliser bientôt.

Notre maison des champs comprenait un bâtiment principal en bois, avec des colonnes, et deux petites ailes basses ; dans celle de gauche se trouvait une minuscule fabrique de papiers peints bon marché... Je venais souvent regarder la dizaine de gamins, maigres et ébouriffés, au visage hâve, vêtus de blouses graisseuses, bondir à tout instant sur les leviers de bois qui pesaient sur les blocs carrés de la presse, et imprimer ainsi, par le poids de leur corps chétif, les dessins bariolés des papiers. L'aile de droite, vide, était à louer. Un beau jour, trois semaines environ après le neuf mai, les volets de cette aile s'ouvrirent, des visages féminins apparurent aux fenêtres, une famille s'y était installée. Je me souviens que ce jour-là, au déjeuner, ma mère

рецкого о том, кто были наши новые соседи, и, услыхав фамилию княгини Засекиной, сперва промолвила не без некоторого уважения: «А! княгиня... — а потом прибавила: — Должно быть, бедная какая-нибудь».

— На трех извозчиках приехали-с, — заметил, почтительно подавая блюдо, дворецкий, — своего экипажа не имеют-с, и мебель самая пустая.

— Да, — возразила матушка, — а все-таки лучше.

Отец холодно взглянул на нее: она умолкла.

Действительно, княгиня Засекина не могла быть богатой женщиной: нанятый ею флигелек был так ветх, и мал, и низок, что люди, хотя несколько зажиточные, не согласились бы поселиться в нем. Впрочем, я тогда пропустил это всё мимо ушей. Княжеский титул на меня мало действовал: я недавно прочел «Разбойников» Шиллера.

II

У меня была привычка бродить каждый вечер с ружьем по нашему саду и караулить ворон. К этим осторожным, хищным и лукавым птицам я издавна чувствовал ненависть. В день, о котором зашла речь, я также отправился в сад — и, напрасно исходив все аллеи (вороны

4. *Les Brigands* de Schiller eurent une énorme influence sur la jeunesse russe dans les années 1830-1840. Biélinski rapporte qu'après la première représentation de la pièce, plusieurs jeunes

s'informa auprès du majordome de nos nouveaux voisins et, entendant le nom de princesse Zassiékine, elle dit d'abord non sans un certain respect : « Ah ! une princesse... », et puis elle ajouta : « Sans doute, quelque princesse pauvre. »

« Cette dame est venue avec trois voitures de louage, remarqua le majordome, en passant respectueusement le plat, elle n'a pas de voiture à elle, et les meubles représentent trois fois rien.

— Oui, répliqua ma mère, mais c'est tout de même mieux. »

Mon père la regarda froidement : elle se tut.

En effet, la princesse Zassiékine ne pouvait pas être riche : l'aile qu'elle avait louée était si vétuste, et petite, et basse que des gens un tant soit peu fortunés n'auraient pas accepté de s'y installer. D'ailleurs, à ce moment-là, je n'y fis aucune attention. Le titre de princesse faisait peu d'impression sur moi : j'avais lu peu avant *Les Brigands* de Schiller[4].

II

J'avais l'habitude de vagabonder chaque soir dans notre jardin avec mon fusil et de guetter les corneilles. Depuis longtemps, j'avais de la haine pour ces oiseaux circonspects, rapaces et rusés. Le jour dont il est question, j'allai donc dans le jardin et après avoir vainement parcouru toutes les

gens allèrent dans les forêts et se firent brigands suivant le modèle des héros de Schiller.

меня признали и только издали отрывисто каркали), случайно приблизился к низкому забору, отделявшему собственно *наши* владения от узенькой полосы сада, простиравшейся за флигельком направо и принадлежавшей к нему. Я шел потупя голову. Вдруг мне послышались голоса; я взглянул через забор — и окаменел... Мне представилось странное зрелище.

В нескольких шагах от меня — на поляне, между кустами зеленой малины, стояла высокая стройная девушка в полосатом розовом платье и с белым платочком на голове; вокруг нее теснились четыре молодые человека, и она поочередно хлопала их по лбу теми небольшими серыми цветками, которых имени я не знаю, но которые хорошо знакомы детям: эти цветки образуют небольшие мешочки и разрываются с треском, когда хлопнешь ими по чему-нибудь твердому. Молодые люди так охотно подставляли свои лбы — а в движениях девушки (я ее видел сбоку) было что-то такое очаровательное, повелительное, ласкающее, насмешливое и милое, что я чуть не вскрикнул от удивления и удовольствия и, кажется, тут же бы отдал всё на свете, чтобы только и меня эти прелестные пальчики хлопнули по лбу. Ружье мое соскользнуло на траву, я всё забыл, я пожирал взором этот стройный стан, и шейку, и красивые руки, и слегка растрепанные белокурые волосы под белым платочком, и этот полузакрытый умный глаз, и эти ресницы, и нежную щеку под ними...

allées (les corneilles m'avaient reconnu et se contentaient de croasser brusquement en restant à bonne distance), je m'approchai par hasard de la petite palissade qui séparait *nos* possessions proprement dites de l'étroite bande de jardin qui s'étendait à droite, derrière l'aile et qui en dépendait. Je marchais la tête baissée. Soudain j'entendis des voix : je jetai un regard par-dessus la palissade et demeurai pétrifié... Un étrange spectacle se présentait à moi.

À quelques pas, sur une pelouse entourée de framboisiers verts, se tenait une grande et svelte jeune fille, vêtue d'une robe rose rayée et la tête couverte d'un petit fichu blanc ; autour d'elle se pressaient quatre jeunes gens et elle leur frappait le front à tour de rôle avec ces petites fleurs grises dont je ne sais pas le nom, mais que les enfants connaissent bien : elles forment de petits sacs et éclatent avec bruit quand on les frappe sur quelque chose de dur. Les jeunes gens présentaient leur front avec tant de complaisance, dans les mouvements de la jeune fille (je la voyais de profil) il y avait quelque chose de tellement enchanteur, autoritaire, caressant, ironique et charmant que je faillis pousser un cri de surprise et de plaisir et que, semble-t-il, j'aurais à l'instant tout donné au monde pour que ces charmants petits doigts me frappent moi aussi sur le front. Mon fusil avait glissé dans l'herbe, j'avais tout oublié et je dévorais du regard cette taille svelte, et ce cou mince, et ces jolis bras, et ces cheveux blonds légèrement ébouriffés sous le petit fichu blanc, et cet œil intelligent à demi clos, et ces cils, et cette tendre joue au-dessous...

— Молодой человек, а молодой человек, — проговорил вдруг подле меня чей-то голос, — разве позволительно глядеть так на чужих барышень?

Я вздрогнул весь, я обомлел... Возле меня за забором стоял какой-то человек с коротко остриженными черными волосами и иронически посматривал на меня. В это самое мгновение и девушка обернулась ко мне... Я увидал огромные серые глаза на подвижном, оживленном лице — и всё это лицо вдруг задрожало, засмеялось, белые зубы сверкнули на нем, брови как-то забавно поднялись... Я вспыхнул, схватил с земли ружье и, преследуемый звонким, но не злым хохотаньем, убежал к себе в комнату, бросился на постель и закрыл лицо руками. Сердце во мне так и прыгало; мне было очень стыдно и весело: я чувствовал небывалое волнение.

Отдохнув, я причесался, почистился и сошел вниз к чаю. Образ молодой девушки носился передо мною, сердце перестало прыгать, но както приятно сжималось.

— Что с тобой? — внезапно спросил меня отец, — убил ворону?

Я хотел было всё рассказать ему, но удержался и только улыбнулся про себя. Ложась спать, я, сам не знаю зачем, раза три повернулся на одной ноге, напомадился, лег и всю ночь спал как убитый. Перед утром я проснулся на мгновенье, приподнял голову, посмотрел вокруг себя с восторгом — и опять заснул.

« Jeune homme, hé ! jeune homme, dit soudain une voix à côté de moi, croyez-vous qu'il soit permis de regarder ainsi des demoiselles inconnues ? »

Je sursautai et restai médusé... Près de moi, de l'autre côté de la palissade, se tenait un homme aux cheveux noirs coupés court et il me jetait des regards ironiques... À ce même instant, la jeune fille se tourna aussi vers moi... Je pus voir d'immenses yeux gris dans un visage mobile, animé, et ce visage tout entier se mit soudain à frémir, à rire, des dents blanches brillèrent, les sourcils s'élevèrent d'une drôle de manière... Je devins rouge comme une pivoine, ramassai mon fusil et, poursuivi par un rire sonore mais sans méchanceté, je m'enfuis dans ma chambre, me jetai sur mon lit et me couvris le visage de mes mains. Mon cœur bondissait tant qu'il pouvait ; je me sentais tout honteux et joyeux : j'étais dans une extraordinaire agitation.

Après m'être reposé, je me coiffai, me brossai et descendis pour le thé. L'image de la jeune fille dansait devant mes yeux, mon cœur avait cessé de bondir, mais il se serrait d'une manière plutôt agréable.

« Qu'as-tu ? me demanda soudain mon père. Tu as tué une corneille ? »

J'eus envie de tout lui raconter, mais je me retins et ne fis que sourire à part moi. En me couchant, je fis, sans savoir pourquoi, trois pirouettes sur un pied, me pommadai les cheveux, me couchai et dormis toute la nuit comme un sonneur. Vers le matin je me réveillai un instant, soulevai la tête, regardai autour de moi avec transport et me rendormis.

III

«Как бы с ними познакомиться?» — было первою моею мыслью, как только я проснулся поутру. Я перед чаем отправился в сад, но не подходил слишком близко к забору и никого не видел. После чаю я прошелся несколько раз по улице перед дачей — и издали заглядывал в окна... Мне почудилось за занавеской *ее* лицо, и я с испугом поскорее удалился. «Однако надо же познакомиться, — думал я, беспорядочно расхаживая по песчаной равнине, расстилавшейся перед Нескучным, — но как? Вот в чем вопрос». Я припоминал малейшие подробности вчерашней встречи: мне почему-то особенно ясно представлялось, как это она посмеялась надо мною... Но, пока я волновался и строил различные планы, судьба уже порадела обо мне.

В мое отсутствие матушка получила от новой своей соседки письмо на серой бумаге, запечатанной бурым сургучом, какой употребляется только на почтовых повестках да на пробках дешевого вина. В этом письме, написанном безграмотным языком и неопрятным почерком, княгиня просила матушку оказать ей покровительство: матушка моя, по словам княгини, была хорошо знакома с значительными людьми, от которых зависела ее участь и участь ее детей, так как у ней были очень важные процессы. «Я квам обращаюсь, — писала она, — как бла-

III

« Comment faire leur connaissance ? », telle fut ma première pensée dès que je me réveillai. Avant le thé, je m'en allai dans le jardin, mais ne m'approchai pas trop près de la palissade et ne vis personne. Après le thé, je passai plusieurs fois dans la rue devant la maison et jetai, de loin, des coups d'œil aux fenêtres... Il me sembla apercevoir *son* visage derrière un rideau et je m'éloignai en hâte, plein d'effroi. « Pourtant il faut que je fasse sa connaissance, pensai-je en arpentant sans but la plaine sablonneuse qui s'étendait devant le jardin Niéskoutchny, mais comment ? Voilà la question. » J'évoquais les moindres détails de notre rencontre de la veille : je ne sais pourquoi, je revoyais avec une particulière netteté la façon dont elle s'était moquée de moi... Mais, tandis que je m'agitais et bâtissais divers plans, le destin s'était déjà préoccupé de moi.

Pendant mon absence, ma mère avait reçu de sa nouvelle voisine une lettre écrite sur du papier gris et cachetée avec de la cire brune, comme on n'en trouve que sur les avis de la poste et sur les bouchons de vins bon marché. Dans cette lettre, écrite dans une langue pleine de fautes et d'une écriture sans soin, la princesse priait maman d'intervenir en sa faveur : à l'en croire, ma mère connaissait fort bien des gens importants dont dépendaient son sort et celui de ses enfants, car elle avait de très gros procès. « Je m'addresse à vous, écrivait-elle,

городная дама хблагородной даме, и при том мне преятно воспользоватца сим случаем». Кончая, она просила у матушки позволения явиться к ней. Я застал матушку в неприятном расположении духа: отца не было дома, и ей не с кем было посоветоваться. Не отвечать «благородной даме», да еще княгине, было невозможно, а как отвечать — матушка недоумевала. Написать записку по-французски казалось ей неуместным, а в русской орфографии сама матушка не была сильна — и знала это и не хотела компрометироваться. Она обрадовалась моему приходу и тотчас приказала мне сходить к княгине и на словах объяснить ей, что матушка, мол, моя всегда готова оказать ее сиятельству, по мере сил, услугу и просит ее пожаловать к ней часу в первом. Неожиданно быстрое исполнение моих тайных желаний меня и обрадовало и испугало; однако я не выказал овладевшего мною смущения — и предварительно отправился к себе в комнату, чтобы надеть новенький галстук и сюртучок: дома я еще ходил в куртке и в отложных воротничках, хотя очень ими тяготился.

IV

В тесной и неопрятной передней флигелька, куда я вступил с невольной дрожью во всем теле, встретил меня старый и седой слуга с темным, медного цвета, лицом, свиными угрюмыми глазками и такими глубокими морщинами на лбу

comme une dame distinguée à une dame distinguée et, de plus, il m'ai agréable de profité de cette occasion... » Pour conclure, elle priait ma mère de lui permettre de lui rendre visite. Je trouvai ma mère de méchante humeur : mon père n'était pas là et elle n'avait personne avec qui tenir conseil. Ne pas répondre à une « dame distinguée », qui plus est princesse, était impossible, mais comment répondre était délicat. Écrire un mot en français lui semblait déplacé et ma mère n'était pas très forte elle-même en orthographe russe, elle le savait et ne voulait pas se compromettre. Elle fut contente de me voir apparaître et m'ordonna d'aller tout de suite chez la princesse et de lui expliquer de vive voix que ma mère était toujours prête à rendre service, dans la mesure de ses possibilités, à Sa Grâce et qu'elle la priait de bien vouloir venir la voir vers midi. La soudaine réalisation de mes désirs secrets me réjouit et m'effraya en même temps ; cependant je ne montrai rien du trouble qui s'empara de moi et j'allai d'abord dans ma chambre pour mettre ma cravate toute neuve et ma petite redingote : à la maison je portais encore une veste courte et des cols rabattus bien que cela me déplût beaucoup.

IV

Dans l'antichambre étroite et sale du pavillon, où j'entrai en tremblant involontairement de tout mon corps, je fus accueilli par un vieux serviteur aux cheveux gris. Son visage était foncé, couleur de cuivre, il avait de petits yeux de cochon à l'expres-

и на висках, каких я в жизни не видывал. Он нес на тарелке обглоданный хребет селедки и, притворяя ногою дверь, ведущую в другую комнату, отрывисто проговорил:

— Чего вам?

— Княгиня Засекина дома? — спросил я.

— Вонифатий! — закричал из-за двери дребезжащий женский голос.

Слуга молча повернулся ко мне спиною, причем обнаружилась сильно истертая спинка его ливреи, с одинокой порыжелой гербовой пуговицей, и ушел, поставив тарелку на пол.

— В квартал ходил? — повторил тот же женский голос. Слуга пробормотал что-то. — А?.. Пришел кто-то?.. — послышалось опять. — Барчук соседний? Ну, проси.

— Пожалуйте-с в гостиную, — проговорил слуга, появившись снова передо мною и поднимая тарелку с полу.

Я оправился и вошел в «гостиную».

Я очутился в небольшой и не совсем опрятной комнате с бедной, словно наскоро расставленной мебелью. У окна, на кресле с отломанной ручкой, сидела женщина лет пятидесяти, простоволосая и некрасивая, в зеленом старом платье и с пестрой гарусной косынкой вокруг шеи. Ее небольшие черные глазки так и впились в меня.

sion morose et de profondes rides sur le front et les tempes, comme je n'en ai jamais vu. Il portait sur une assiette l'arête centrale toute décharnée d'un hareng et, repoussant avec son pied une porte menant dans une autre pièce, il me dit d'une voix brusque :

« Qu'est-ce que vous voulez ?

— La princesse Zassiékine est-elle chez elle ? demandai-je.

— Boniface ! » cria de l'autre côté de la porte une voix grinçante de femme.

Le serviteur, en silence, me tourna le dos, ce qui me permit de voir l'envers fort râpé de sa livrée qui n'avait qu'un seul bouton terni avec des armoiries, et il s'en alla, après avoir posé l'assiette par terre.

« Tu as été au commissariat ? » répéta la même voix de femme. Le serviteur marmonna quelque chose. « Hein ? Quelqu'un est là ?... entendis-je encore. Le jeune maître d'à côté ? Eh bien, fais-le entrer.

— Veuillez entrer dans le salon », dit le serviteur en réapparaissant devant moi et en ramassant l'assiette.

Je tirai sur ma redingote et entrai dans le « salon ».

Je me trouvai dans une pièce petite, pas très propre, avec des meubles assez minables, qui avaient l'air d'avoir été disposés à la hâte. Près d'une fenêtre, dans un fauteuil au bras cassé, était assise une femme d'environ cinquante ans, la tête nue, laide, vêtue d'une vieille robe verte, un fichu bariolé de laine tricotée autour du cou. Ses petits yeux noirs me scrutèrent sans me lâcher.

Я подошел к ней и раскланялся.

— Я имею честь говорить с княгиней Засекиной?

— Я княгиня Засекина; а вы сын господина В.?

— Точно так-с. Я пришел к вам с поручением от матушки.

— Садитесь, пожалуйста. Вонифатий! где мои ключи, не видал?

Я сообщил г-же Засекиной ответ моей матушки на ее записку. Она выслушала меня, постукивая толстыми красными пальцами по оконнице, а когда я кончил, еще раз уставилась на меня.

— Очень хорошо; непременно буду, — промолвила она наконец. — А как вы еще молоды! Сколько вам лет, позвольте спросить?

— Шестнадцать лет, — отвечал я с невольной запинкой.

Княгиня достала из кармана какие-то исписанные, засаленные бумаги, поднесла их к самому носу и принялась перебирать их.

— Годы хорошие, — произнесла она внезапно, поворачиваясь и ерзая на стуле. — А вы, пожалуйста, будьте без церемонии. У меня просто.

«Слишком просто», — подумал я, с невольной гадливостью окидывая взором всю ее неблагообразную фигуру.

В это мгновение другая дверь гостиной быстро распахнулась, и на пороге появилась девушка, которую я видел накануне в саду. Она подняла руку, и на лице ее мелькнула усмешка.

Je m'approchai d'elle et la saluai.

« Ai-je l'honneur de parler à la princesse Zassiékine ?

— Je suis la princesse Zassiékine ; et vous, vous êtes le fils de M. V. ?

— Oui, madame. Je viens vous faire une commission de la part de ma mère.

— Asseyez-vous, je vous en prie. Boniface ! Où sont mes clés, tu ne les as pas vues ? »

Je fis part à Mme Zassiékine de la réponse de ma mère à son billet. Elle m'écouta en tapotant le rebord de la fenêtre de ses gros doigts rouges et, quand j'eus fini, elle me dévisagea encore une fois.

« Très bien ; j'irai sans faute, fit-elle enfin. Comme vous êtes encore jeune ! Quel âge avez-vous, si vous me permettez de vous le demander ?

— Seize ans », répondis-je avec une hésitation involontaire.

La princesse prit dans sa poche des papiers graisseux, tout gribouillés, les approcha tout contre son nez et se mit à les déchiffrer.

« C'est un bel âge, dit-elle soudain en se tournant et s'agitant sur son fauteuil. Ne vous gênez pas, s'il vous plaît. Chez moi, on vit simplement. »

« Trop simplement », pensai-je, en regardant avec un dégoût involontaire toute sa personne peu agréable.

À cet instant, une autre porte du salon s'ouvrit brusquement et la jeune fille que j'avais vue la veille dans le jardin apparut sur le seuil. Elle leva la main et un sourire ironique passa sur son visage.

— А вот и дочь моя, — промолвила княгиня, указав на нее локтем. — Зиночка, сын нашего соседа, господина В. Как вас зовут, позвольте узнать?

— Владимиром, — отвечал я, вставая и пришепетывая от волнения.

— А по батюшке?

— Петровичем.

— Да! У меня был полицеймейстер знакомый, тоже Владимиром Петровичем звали. Вонифатий! не ищи ключей, ключи у меня в кармане.

Молодая девушка продолжала глядеть на меня с прежней усмешкой, слегка щурясь и склонив голову немного набок.

— Я уже видела мсьё Вольдемара, — начала она. (Серебристый звук ее голоса пробежал по мне каким-то сладким холодком.) — Вы мне позволите так называть вас?

— Помилуйте-с, — пролепетал я.

— Где это? — спросила княгиня.

Княжна не отвечала своей матери.

— Вы теперь заняты? — промолвила она, не спуская с меня глаз.

— Никак нет-с.

— Хотите вы мне помочь шерсть распутать? Подите сюда, ко мне.

Она кивнула мне головой и пошла вон из гостиной. Я отправился вслед за ней.

В комнате, куда мы вошли, мебель была немного получше и расставлена с бóльшим вкусом. Впрочем, в это мгновенье я почти ничего заметить не мог: я двигался как во сне и ощущал

« Et voici ma fille, dit la princesse en la montrant du coude. Ma petite Zénaïde, c'est le fils de notre voisin, M. V. Comment vous appelez-vous, s'il vous plaît ?

— Vladimir, répondis-je en me levant et en balbutiant d'émotion.

— Et votre patronyme ?

— Pétrovitch.

— Tiens ! J'ai connu un commissaire de police qui s'appelait aussi Vladimir Pétrovitch. Boniface ! Ne cherche pas mes clés, elles sont dans ma poche. »

La jeune fille continuait à me regarder avec son sourire ironique, les yeux à demi fermés et la tête un peu penchée de côté.

« J'ai déjà vu M. Voldemar, commença-t-elle. (Le son argenté de sa voix passa en moi comme une sorte de frisson doux et froid.) Vous me permettez de vous appeler ainsi ?

— Je vous en prie, balbutiai-je.

— Où cela ? » demanda la princesse.

La jeune princesse ne répondit pas à sa mère.

« Vous êtes occupé maintenant ? dit-elle, sans me quitter des yeux.

— Pas le moins du monde.

— Voulez-vous m'aider à dévider de la laine ? Venez par ici, chez moi. »

Elle me fit un signe de tête et sortit du salon. Je la suivis.

Dans la pièce où nous entrâmes, les meubles étaient un peu mieux et ils étaient disposés avec plus de goût. D'ailleurs, à ce moment, j'étais presque hors d'état de remarquer quoi que ce soit : je marchais comme dans un rêve et ressentais dans

во всем составе своем какое-то до глупости напряженное благополучие.

Княжна села, достала связку красной шерсти и, указав мне на стул против нее, старательно развязала связку и положила мне ее на руки. Всё это она делала молча, с какой-то забавной медлительностью и с той же светлой и лукавой усмешкой на чуть-чуть раскрытых губах. Она начала наматывать шерсть на перегнутую карту и вдруг озарила меня таким ясным и быстрым взглядом, что я невольно потупился. Когда ее глаза, большею частию полуприщуренные, открывались во всю величину свою, — ее лицо изменялось совершенно: точно свет проливался по нем.

— Что вы подумали обо мне вчера, мсьё Вольдемар? — спросила она погодя немного. — Вы, наверно, осудили меня?

— Я... княжна... я ничего не думал... как я могу... — отвечал я с смущением.

— Послушайте, — возразила она. — Вы меня еще не знаете: я престранная; я хочу, чтоб мне всегда правду говорили. Вам, я слышала, шестнадцать лет, а мне двадцать один: вы видите, я гораздо старше вас, и потому вы всегда должны мне говорить правду... и слушаться меня, — прибавила она. — Глядите на меня — отчего вы на меня не глядите?

Я смутился еще более, однако поднял на нее глаза. Она улыбнулась, только не прежней, а другой, одобрительной улыбкой.

— Глядите на меня, — промолвила она, ласково понижая голос, — мне это не неприят-

tout mon corps une sorte de tension heureuse allant jusqu'à la sottise.

La princesse s'assit, prit un écheveau de laine rouge et, m'indiquant une chaise en face d'elle, dénoua l'écheveau avec soin et me le mit sur les bras. Elle faisait tout cela en silence, avec une lenteur amusante et avec le même sourire ironique, clair et espiègle sur ses lèvres à peine entrouvertes. Elle se mit à enrouler la laine sur une carte pliée en deux et soudain elle m'illumina d'un regard si clair et rapide que je baissai involontairement les yeux. Quand ses yeux, qu'elle fermait à demi la plupart du temps, s'ouvraient en grand, son visage changeait complètement : il semblait s'inonder de lumière.

« Qu'avez-vous pensé de moi hier, M. Voldemar ? demanda-t-elle au bout d'un instant. Vous m'avez sans doute jugée mal ?

— Je n'ai... princesse... je n'ai rien pensé... comment puis-je..., répondis-je, troublé.

— Écoutez, répliqua-t-elle. Vous ne me connaissez pas encore : je suis très étrange ; je veux qu'on me dise toujours la vérité. Vous avez seize ans, je l'ai entendu, et moi, j'en ai vingt et un : vous voyez, je suis beaucoup plus vieille que vous et c'est pourquoi vous devez toujours me dire la vérité... et m'obéir, ajouta-t-elle. Regardez-moi, pourquoi ne me regardez-vous pas ? »

Je me troublai encore plus, pourtant je levai les yeux vers elle. Elle sourit, mais non point du sourire précédent, d'un autre, approbateur.

« Regardez-moi, dit-elle, en baissant la voix avec douceur, cela ne m'est pas désagréable... Votre

но... Мне ваше лицо нравится; я предчувствую, что мы будем друзьями. А я вам нравлюсь? — прибавила она лукаво.

— Княжна... — начал было я.

— Во-первых, называйте меня Зинаидой Александровной, а во-вторых, что это за привычка у детей (она поправилась) — у молодых людей — не говорить прямо то, что они чувствуют? Это хорошо для взрослых. Ведь я вам нравлюсь?

Хотя мне очень было приятно, что она так откровенно со мной говорила, однако я немного обиделся. Я хотел показать ей, что она имеет дело не с мальчиком, и, приняв по возможности развязный и серьезный вид, промолвил:

— Конечно, вы очень мне нравитесь, Зинаида Александровна; я не хочу это скрывать.

Она с расстановкой покачала головой.

— У вас есть гувернер? — спросила она вдруг.

— Нет, у меня уже давно нет гувернера.

Я лгал; еще месяца не прошло с тех пор, как я расстался с моим французом.

— О! да я вижу — вы совсем большой.

Она легонько ударила меня по пальцам.

— Держите прямо руки! — И она прилежно занялась наматыванием клубка.

Я воспользовался тем, что она не поднимала глаз, и принялся ее рассматривать, сперва украдкой, потом всё смелее и смелее. Лицо ее показалось мне еще прелестнее, чем накануне: так всё в нем было тонко, умно и мило. Она сидела спиной к окну, завешенному белой

visage me plaît ; je sens que nous serons amis. Et moi, je vous plais ? ajouta-t-elle d'un air espiègle.

— Princesse..., commençai-je.

— D'abord, appelez-moi Zénaïde Alexandrovna, et deuxièmement, qu'est-ce que c'est que cette habitude des enfants (elle se reprit), des jeunes gens, de ne pas dire tout net ce qu'ils sentent ? C'est bon pour les grandes personnes. Je vous plais, n'est-ce pas ? »

Bien qu'il me fût très agréable qu'elle me parlât si franchement, je fus un peu vexé. Je voulais lui montrer qu'elle n'avait pas affaire à un gamin et, prenant autant que je le pouvais un air désinvolte et sérieux, je dis :

« Bien sûr, vous me plaisez beaucoup, Zénaïde Alexandrovna ; je ne veux pas le cacher. »

Elle secoua plusieurs fois la tête sans hâte.

« Vous avez un précepteur ? demanda-t-elle soudain.

— Non, il y a longtemps que je n'en ai plus. »

Je mentais ; il n'y avait pas un mois que mon Français était parti.

« Oh ! mais je vois, vous êtes tout à fait grand. »

Elle me frappa légèrement sur les doigts.

« Tenez vos bras droits ! » Et elle se mit à enrouler soigneusement la pelote.

Je profitai de ce qu'elle ne levait pas les yeux pour l'examiner, d'abord à la dérobée, puis avec de plus en plus d'audace. Son visage me parut encore plus ravissant que la veille, tellement tout en lui était fin, intelligent et charmant. Elle était assise le dos à la fenêtre voilée par un store blanc ; un rayon de soleil, passant à travers, répan-

шторой; солнечный луч, пробиваясь сквозь эту штору, обливал мягким светом ее пушистые золотистые волосы, ее невинную шею, покатые плечи и нежную, спокойную грудь. Я глядел на нее — и как дорогá и близка становилась она мне! Мне сдавалось, что и давно-то я ее знаю и ничего не знал и не жил до нее... На ней было темненькое, уже поношенное, платье с передником; я, кажется, охотно поласкал бы каждую складку этого платья и этого передника. Кончики ее ботинок выглядывали из-под ее платья: я бы с обожанием преклонился к этим ботинкам... «И вот я сижу перед ней, — подумал я, — я с ней познакомился... какое счастие, боже мой!» Я чуть не соскочил со стула от восторга, но только ногами немного поболтал, как ребенок, который лакомится.

Мне было хорошо, как рыбе в воде, и я бы век не ушел из этой комнаты, не покинул бы этого места.

Ее веки тихо поднялись, и опять ласково засияли передо мною ее светлые глаза — и опять она усмехнулась.

— Как вы на меня смотрите, — медленно проговорила она и погрозила мне нальцем.

Я покраснел... «Она всё понимает, она всё видит, — мелькнуло у меня в голове. — И как ей всего не понимать и не видеть!»

Вдруг что-то застучало в соседней комнате — зазвенела сабля.

— Зина! — закричала в гостиной княгиня, — Беловзоров принес тебе котенка.

— Котенка! — воскликнула Зинаида и,

dait une douce lumière sur ses cheveux dorés et vaporeux, son cou innocent, ses épaules obliques et sa poitrine calme, délicate. Je la regardais, et comme elle me devenait chère et proche! Il me semblait que je la connaissais depuis très longtemps et que je n'avais rien su ni vécu avant de la connaître... Elle avait une robe sombre, déjà usée, et un tablier ; j'aurais, je crois, caressé volontiers chaque pli de cette robe et de ce tablier. Le bout de ses souliers dépassait sous sa robe : je me serais incliné vers ces souliers avec adoration... (« Et voilà que je suis assis devant elle, pensai-je, que j'ai fait sa connaissance... quel bonheur, mon Dieu ! ») Je faillis sauter de ma chaise dans mon transport, mais je ne fis que remuer un peu les pieds, comme un enfant qui se régale.

J'étais aussi bien qu'un poisson dans l'eau et j'aurais voulu ne jamais sortir de cette pièce, ne pas quitter cet endroit.

Ses paupières se soulevèrent doucement, et de nouveau ses yeux clairs brillèrent devant moi avec tendresse, et de nouveau elle rit.

« Comme vous me regardez », dit-elle lentement et elle me menaça du doigt.

Je rougis... « Elle comprend tout, elle voit tout, pensai-je en un éclair. Et comment ne comprendrait-elle pas et ne verrait-elle pas tout ! »

Soudain on entendit un choc dans la pièce voisine, le cliquetis d'un sabre.

« Zina ! cria la princesse du salon, Biélovzorov t'a apporté un petit chat.

— Un petit chat ! » s'écria Zénaïde et, se levant

стремительно поднявшись со стула, бросила клубок мне на колени и выбежала вон.

Я тоже встал и, положив связку шерсти и клубок на оконницу, вышел в гостиную и остановился в недоумении. Посредине комнаты лежал, растопыря лапки, полосатый котенок; Зинаида стояла перед ним на коленях и осторожно поднимала ему мордочку. Возле княгини, заслонив почти весь простенок между окнами, виднелся белокурый и курчавый молодец, гусар с румяным лицом и глазами навыкате.

— Какой смешной! — твердила Зинаида, — и глаза у него не серые, а зеленые, и уши какие большие. Спасибо вам, Виктор Егорыч! Вы очень милы.

Гусар, в котором я узнал одного из виденных мною накануне молодых людей, улыбнулся и поклонился, причем щелкнул шпорами и брякнул колечками сабли.

— Вам угодно было вчера сказать, что вы желаете иметь полосатого котенка с большими ушами... вот, я и достал-с. Слово — закон. — И он опять поклонился.

Котенок слабо пискнул и начал нюхать пол.

— Он голоден! — воскликнула Зинаида. — Вонифатий! Соня! принесите молока.

Горничная, в старом желтом платье с полинялым платочком на шее, вошла с блюдечком молока в руке и поставила его перед котенком. Котенок дрогнул, зажмурился и принялся лакать.

précipitamment, elle me jeta la pelote sur les genoux et sortit en courant.

Je me levai aussi et, après avoir posé l'écheveau de laine et la pelote sur le rebord de la fenêtre, j'allai dans le salon et m'arrêtai, perplexe. Au milieu de la pièce était couché un petit chat tigré, les pattes écartées ; Zénaïde se tenait devant lui à genoux et elle lui soulevait le museau avec précaution. À côté de la vieille princesse, occupant presque tout l'espace entre les fenêtres, se tenait un gaillard blond et frisé, un hussard au visage rouge et aux yeux à fleur de tête.

« Comme il est drôle ! répétait Zénaïde, et ses yeux ne sont pas gris, ils sont verts, et comme ses oreilles sont grandes ! Merci, Victor Iégorytch ! Vous êtes très gentil. »

Le hussard, en qui j'avais reconnu un des jeunes gens que j'avais vus la veille, sourit et s'inclina, tout en faisant claquer ses éperons et tinter la bélière de son sabre.

« Vous avez bien voulu dire hier que vous désiriez avoir un petit chat tigré avec de grandes oreilles... voilà, j'en ai trouvé un. Vos désirs sont des ordres. » Et il s'inclina à nouveau.

Le petit chat miaula faiblement et se mit à renifler le plancher.

« Il a faim ! s'écria Zénaïde. Boniface ! Sonia ! Apportez du lait. »

La femme de chambre, vêtue d'une vieille robe jaune, un fichu aux couleurs passées autour du cou, entra en tenant une soucoupe de lait qu'elle déposa devant le petit chat. Celui-ci frissonna, ferma les yeux et se mit à laper.

— Какой у него розовый язычок, — заметила Зинаида, пригнув голову почти к полу и заглядывая ему сбоку под самый нос.

Котенок насытился и замурлыкал, жеманно перебирая лапками. Зинаида встала и, обернувшись к горничной, равнодушно промолвила:

— Унеси его.

— За котенка — ручку, — проговорил гусар, осклабясь и передернув всем своим могучим телом, туго затянутым в новый мундир.

— Обе, — возразила Зинаида и протянула к нему руки. Пока он целовал их, она смотрела на меня через плечо.

Я стоял неподвижно на одном месте и не знал — засмеяться ли мне, сказать ли что-нибудь, или так промолчать. Вдруг, сквозь раскрытую дверь передней, мне бросилась в глаза фигура нашего лакея Федора. Он делал мне знаки. Я машинально вышел к нему.

— Что ты? — спросил я.

— Маменька прислали за вами, — проговорил он шёпотом. — Они гневаются, что вы с ответом не ворочаетесь.

— Да разве я давно здесь?

— Час с лишком.

— Час с лишком! — повторил я невольно и, вернувшись в гостиную, начал раскланиваться и шаркать ногами.

— Куда вы? — спросила меня княжна, взглянув из-за гусара.

« Comme il a une petite langue rose », remarqua Zénaïde, la tête touchant presque le plancher et le regardant de côté juste sous le nez.

Le petit chat, une fois repu, se mit à ronronner, en remuant coquettement les pattes. Zénaïde se leva et, se tournant vers la femme de chambre, dit sur un ton indifférent :

« Emmène-le.

— Pour le petit chat, donnez votre main », dit le hussard avec un large sourire, en cambrant vivement son corps vigoureux sanglé dans un uniforme neuf.

« Les deux même », dit Zénaïde et elle lui tendit les deux mains. Tandis qu'il les baisait, elle me regardait par-dessus son épaule.

J'étais planté au même endroit et ne savais s'il me fallait rire, dire quelque chose ou bien continuer à me taire. Soudain, à travers la porte ouverte de l'antichambre, j'aperçus la silhouette de notre laquais Théodore. Il me faisait des signes. Je vins vers lui machinalement.

« Que veux-tu ? demandai-je.

— Votre maman m'envoie vous chercher, murmura-t-il. Elle se fâche que vous ne rapportiez pas la réponse.

— Mais y a-t-il longtemps que je suis ici ?

— Plus d'une heure.

— Plus d'une heure ! » répétai-je involontairement et, revenant dans le salon, je commençai à prendre congé en saluant et faisant des ronds de jambe.

« Où allez-vous ? me demanda la jeune princesse, me regardant de derrière le hussard.

— Мне нужно домой-с. Так я скажу, — прибавил я, обращаясь к старухе, — что вы пожалуете к нам во втором часу.

— Так и скажите, батюшка.

Княгиня торопливо достала табакерку и так шумно понюхала, что я даже вздрогнул.

— Так и скажите, — повторила она, слезливо моргая и кряхтя.

Я еще раз поклонился, повернулся и вышел из комнаты с тем чувством неловкости в спине, которое ощущает очень молодой человек, когда он знает, что ему глядят вслед.

— Смотрите же, мсьё Вольдемар, заходите к нам, — крикнула Зинаида и опять рассмеялась.

«Что это она всё смеется?» — думал я, возвращаясь домой в сопровождении Федора, который ничего мне не говорил, но двигался за мной неодобрительно. Матушка меня побранила и удивилась: что я мог так долго делать у этой княгини? Я ничего не отвечал ей и отправился к себе в комнату. Мне вдруг стало очень грустно... Я силился не плакать... Я ревновал к гусару.

V

Княгиня, по обещанию, навестила матушку и не понравилась ей. Я не присутствовал при их свидании, но за столом матушка рассказывала отцу, что эта княгиня Засекина ей кажется une femme très vulgaire, что она очень ей надоела своими просьбами ходатайствовать за нее у

— Je dois rentrer. Ainsi je dirai, ajoutai-je en m'adressant à la mère, que vous viendrez nous voir vers une heure.

— C'est cela, mon bon. »

Elle prit rapidement sa tabatière et renifla avec tant de bruit que j'en sursautai.

« C'est cela », répéta-t-elle en clignant des yeux larmoyants et en geignant.

Je m'inclinai encore une fois, tournai les talons et sortis de la pièce avec le sentiment de gêne dans le dos que ressent un très jeune homme quand il sait qu'on le suit des yeux.

« N'oubliez pas de venir nous voir, M. Voldemar », cria Zénaïde et elle se mit de nouveau à rire.

« Qu'a-t-elle donc à rire tout le temps ? » pensais-je en revenant à la maison, accompagné de Théodore qui ne me parlait pas, mais marchait derrière moi, désapprobateur. Ma mère me gronda et s'étonna, demandant ce que j'avais bien pu faire si longtemps chez cette princesse. Je ne lui répondis rien et allai dans ma chambre. J'étais soudain devenu très triste... Je m'efforçais de ne pas pleurer... J'étais jaloux du hussard.

V

Suivant sa promesse, la princesse rendit visite à ma mère, et elle ne lui plut pas. Je n'assistai pas à leur entretien, mais à table ma mère raconta à mon père que cette princesse Zassiékine lui semblait *une femme très vulgaire*, qu'elle l'avait importunée en la priant d'intervenir auprès du prince

князя Сергия, что у ней всё какие-то тяжбы и дела — des vilaines affaires d'argent — и что она должна быть великая кляузница. Матушка, однако же, прибавила, что она позвала ее с дочерью на завтрашний день обедать (услыхав слово «с дочерью», я уткнул нос в тарелку), потому что она все-таки соседка, и с именем. На это отец объявил матушке, что он теперь припоминает, какая это госпожа; что он в молодости знал покойного князя Засекина, отлично воспитанного, но пустого и вздорного человека; что его в обществе звали «le Parisien», по причине его долгого житья в Париже; что он был очень богат, но проиграл всё свое состояние — и неизвестно почему, чуть ли не из-за денег, — впрочем, он бы мог лучше выбрать, — прибавил отец и холодно улыбнулся, — женился на дочери какого-то приказного, а женившись, пустился в спекуляции и разорился окончательно.

— Как бы она денег взаймы не попросила, — заметила матушка.

— Это весьма возможно, — спокойно промолвил отец. — Говорит она по-французски?

— Очень плохо.

— Гм. Впрочем, это всё равно. Ты мне, кажется, сказала, что ты и дочь ее позвала; меня кто-то уверял, что она очень милая и образованная девушка.

— А! Стало быть, она не в мать.

— И не в отца, — возразил отец. — Тот был тоже образован, да глуп.

Serge, qu'elle avait toutes sortes de procès et d'affaires en cours — *des vilaines affaires d'argent* — et qu'elle devait être une grande chicanière. Ma mère, cependant, ajouta qu'elle l'avait invitée à déjeuner avec sa fille le lendemain (en entendant ces mots « avec sa fille », je piquai du nez dans mon assiette), parce qu'elle était tout de même notre voisine et qu'elle avait un nom. À cela mon père répondit qu'il se rappelait maintenant qui était cette dame ; que, dans sa jeunesse, il avait connu feu le prince Zassiékine, homme d'une excellente éducation, mais futile et querelleur ; que dans le monde on l'appelait *le Parisien* parce qu'il avait longtemps vécu à Paris ; qu'il était très riche, mais qu'il avait perdu toute sa fortune au jeu et que, on ne savait pourquoi, sans doute par intérêt — d'ailleurs, il aurait pu mieux choisir, ajouta mon père en souriant froidement —, il avait épousé la fille d'un homme de loi et, après son mariage, s'était lancé dans des spéculations et s'était définitivement ruiné.

« Pourvu qu'elle ne demande pas qu'on lui prête de l'argent, remarqua ma mère.

— C'est une chose tout à fait possible, dit tranquillement mon père. Parle-t-elle français ?

— Très mal.

— Hum ! D'ailleurs, cela n'a pas d'importance. Tu m'as dit, je crois, que tu as invité aussi sa fille ; quelqu'un m'a assuré que c'était une jeune fille charmante et instruite.

— Ah ! Alors, elle ne ressemble pas à sa mère.

— Ni à son père non plus, dit mon père. Il était instruit, mais bête. »

Матушка вздохнула и задумалась. Отец умолк. Мне было очень неловко в течение этого разговора.

После обеда я отправился в сад, но без ружья. Я дал было себе слово не подходить к «засекинскому саду», но неотразимая сила влекла меня туда — и недаром. Не успел я приблизиться к забору, как увидел Зинаиду. На этот раз она была одна. Она держала в руках книжку и медленно шла по дорожке. Она меня не замечала.

Я чуть-чуть не пропустил ее; но вдруг спохватился и кашлянул.

Она обернулась, но не остановилась, отвела рукою широкую голубую ленту своей круглой соломенной шляпы, посмотрела на меня, тихонько улыбнулась и опять устремила глаза в книжку.

Я снял фуражку и, помявшись немного на месте, пошел прочь с тяжелым сердцем. «Que suis-je pour elle?» — подумал я (Бог знает почему) по-французски.

Знакомые шаги раздались за мною: я оглянулся — ко мне своей быстрой и легкой походкой шел отец.

— Это княжна? — спросил он меня.

— Княжна.

— Разве ты ее знаешь?

— Я ее видел сегодня утром у княгини.

Отец остановился и, круто повернувшись на каблуках, пошел назад. Поравнявшись с Зинаидой, он вежливо ей поклонился. Она также ему поклонилась, не без некоторого изумления на лице, и опустила книгу. Я видел, как она провожала его глазами. Мой отец всегда одевался

Ma mère soupira et se plongea dans ses pensées. Mon père se tut. J'avais été très gêné pendant cette conversation.

Après le déjeuner, j'allai dans le jardin, mais sans mon fusil. Je m'étais promis de ne pas m'approcher du « jardin des Zassiékine », mais une force irrésistible m'y entraînait, et ce ne fut pas en vain. Je n'avais pas eu le temps de m'approcher de la palissade que j'aperçus Zénaïde. Cette fois-ci elle était seule. Elle tenait un livre dans ses mains et suivait lentement une allée. Elle ne me voyait pas.

Je faillis la laisser passer ; mais soudain je me repris et toussai.

Elle se retourna, mais ne s'arrêta pas, elle repoussa de la main le large ruban bleu de son chapeau de paille rond, me regarda, sourit doucement et se replongea dans son livre.

J'ôtai ma casquette et, après avoir hésité un instant, je m'en allai le cœur gros. « *Que suis-je pour elle* ? », pensai-je (Dieu sait pourquoi) en français.

Des pas familiers se firent entendre derrière moi : je me retournai, c'était mon père qui venait vers moi de sa démarche rapide et légère.

« C'est la jeune princesse ? me demanda-t-il.

— Oui, c'est elle.

— Tu la connais donc ?

— Je l'ai vue ce matin chez sa mère. »

Mon père s'arrêta et, tournant brusquement sur ses talons, il fit demi-tour. Arrivé à la hauteur de Zénaïde, il la salua avec courtoisie. Elle le salua également, non sans un certain étonnement sur le visage, et laissa retomber son livre. Je la vis le

очень изящно, своеобразно и просто; но никогда его фигура не показалась мне более стройной, никогда его серая шляпа не сидела красивее на его едва поредевших кудрях.

Я направился было к Зинаиде, но она даже не взглянула на меня, снова приподняла книгу и удалилась.

VI

Целый вечер и следующее утро я провел в каком-то унылом онемении. Помнится, я попытался работать и взялся за Кайданова — но напрасно мелькали передо мною разгонистые строчки и страницы знаменитого учебника. Десять раз сряду прочел я слова: «Юлий Цезарь отличался воинской отвагой» — не понял ничего и бросил книгу. Перед обедом я опять напомадился и опять надел сюртучок и галстук.

— Это зачем? — спросила матушка. — Ты еще не студент, и Бог знает, выдержишь ли ты экзамен. Да и давно ли тебе сшили куртку? Не бросать же ее!

— Гости будут, — прошептал я почти с отчаянием.

— Вот вздор! какие это гости!

Надо было покориться. Я заменил сюртучок курткой, но галстука не снял. Княгиня с дочерью явилась за полчаса до обеда; старуха сверх зеленого, уже знакомого мне платья накинула желтую шаль и надела старомодный чепец с лентами огненного цвета. Она тотчас загово-

suivre des yeux. Mon père s'habillait toujours avec beaucoup d'élégance, d'originalité et de simplicité ; mais jamais sa silhouette ne m'avait paru aussi svelte, jamais son chapeau gris n'avait été plus seyant sur ses boucles à peine clairsemées.

J'allais me diriger vers Zénaïde, mais elle ne me regarda même pas, releva son livre et s'éloigna.

VI

Je passai toute la soirée et tout le matin suivant dans une sorte d'engourdissement maussade. Je me souviens que j'essayai de travailler et me mis à Kaïdanov, mais c'est en vain que les lignes aux lettres espacées et les pages du célèbre manuel défilaient devant mes yeux. Dix fois de suite je lus ces mots : « Jules César se distinguait par sa bravoure guerrière », ne compris rien et abandonnai le livre. Avant le déjeuner je me pommadai à nouveau les cheveux et revêtis à nouveau ma petite redingote et ma cravate.

« Pourquoi cela ? demanda ma mère. Tu n'es pas encore étudiant et Dieu sait si tu réussiras ton examen. Et puis y a-t-il longtemps qu'on t'a fait faire ta veste ? On ne va tout de même pas la jeter ?

— Il y a des invités, murmurai-je presque avec désespoir.

— Quelle sottise ! quels invités sont-ce là ? »

Il fallut se soumettre. Je remplaçai ma redingote par ma veste, mais je n'enlevai pas ma cravate. La princesse et sa fille apparurent une demi-heure

рила о своих векселях, вздыхала, жаловалась на свою бедность, «канючила», но нисколько не чинилась: так же шумно нюхала табак, так же свободно поворачивалась и ерзала на стуле. Ей как будто и в голову не входило, что она княгиня. Зато Зинаида держала себя очень строго, почти надменно, настоящей княжной. На лице ее появилась холодная неподвижность и важность — и я не узнавал ее, не узнавал ее взглядов, ее улыбки, хотя и в этом новом виде она мне казалась прекрасной. На ней было легкое барежевое платье с бледно-синими разводами; волосы ее падали длинными локонами вдоль щек — на английский манер; эта прическа шла к холодному выражению ее лица. Отец мой сидел возле нее во время обеда и со свойственной ему изящной и спокойной вежливостью занимал свою соседку. Он изредка взглядывал на нее — и она изредка на него взглядывала, да так странно, почти враждебно. Разговор у них шел по-французски; меня, помнится, удивила чистота Зинаидина произношения. Княгиня, во время стола, по-прежнему ничем не стеснялась, много ела и хвалила кушанья. Матушка видимо ею тяготилась и отвечала ей с каким-то грустным пренебрежением; отец изредка чуть-чуть мор-

avant le déjeuner ; la mère avait jeté un châle jaune par-dessus la robe verte que je connaissais déjà et avait mis un bonnet démodé aux rubans couleur feu. Elle se mit aussitôt à parler de ses lettres de change, elle soupirait, se plaignait de sa pauvreté, « pleurait misère », mais n'observait aucune discrétion : elle reniflait son tabac avec autant de bruit, elle se tournait et s'agitait sur sa chaise avec autant de sans-gêne. Elle semblait ne pas penser un instant qu'elle était princesse. En revanche, Zénaïde se tenait avec beaucoup de dignité, presque de la hauteur, en véritable fille de prince. Son visage laissait voir une immobilité froide, un air grave, et je ne la reconnaissais pas, je ne reconnaissais pas ses regards, son sourire, bien que sous ce nouvel aspect elle me parût très belle. Elle avait une robe légère en barège, avec des ramages d'un bleu pâle ; ses cheveux tombaient en longues boucles le long de ses joues, à la mode anglaise ; cette coiffure convenait bien à l'expression de froideur de son visage. Mon père, assis à côté d'elle pendant le déjeuner, s'occupait de sa voisine avec la courtoisie tranquille et raffinée qui lui était propre. Il la regardait de temps en temps et elle aussi le regardait de temps en temps, mais d'une façon étrange, presque hostile. Ils parlaient en français, la pureté de la prononciation de Zénaïde, je m'en souviens, me frappa. Comme avant, sa mère, pendant le repas, ne se gêna en rien, mangeant beaucoup et louant les plats. Elle déplaisait visiblement à ma mère, qui lui répondait avec une sorte de dédain attristé ; mon père, de temps en temps, fronçait très légèrement les sour-

щил брови. Зинаида также не понравилась матушке.

— Это какая-то гордячка, — говорила она на следующий день. — И подумаешь — чего гордиться — avec sa mine de grisette!

— Ты, видно, не видала гризеток, — заметил ей отец.

— И слава Богу!

— Разумеется, слава Богу... только как же ты можешь судить о них?

На меня Зинаида не обращала решительно никакого внимания. Скоро после обеда княгиня стала прощаться.

— Буду надеяться на ваше покровительство, Марья Николаевна и Петр Васильич, — сказала она нараспев матушке и отцу. — Что делать! Были времена, да прошли. Вот и я — сиятельная, — прибавила она с неприятным смехом, — да что за честь, коли нечего есть.

Отец почтительно ей поклонился и проводил ее до двери передней. Я стоял тут же в своей куцей куртке и глядел на пол, словно к смерти приговоренный. Обращение Зинаиды со мной меня окончательно убило. Каково же было мое удивление, когда, проходя мимо меня, она скороговоркой и с прежним ласковым выражением в глазах шепнула мне:

— Приходите к нам в восемь часов, слышите, непременно...

Я только развел руками — но она уже удалилась, накинув на голову белый шарф.

cils. Zénaïde non plus ne plut pas à ma mère.

« C'est une orgueilleuse, dit-elle le lendemain. Et pensez un peu, de quoi peut-elle s'enorgueillir, *avec sa mine de grisette* !

— On voit bien que tu n'as jamais vu de grisettes, remarqua mon père.

— Et heureusement !

— Bien entendu, heureusement... seulement comment peux-tu les juger ? »

Zénaïde ne m'accorda pas la moindre attention. Peu après le déjeuner, la princesse prit congé.

« J'espère pouvoir compter sur votre protection, Marie Nikolaïevna, Pierre Vassilitch », dit-elle à mon père et à ma mère d'une voix traînante. « Qu'y faire ! Le bon temps est passé. Je suis " Votre Grâce ", ajouta-t-elle avec un rire désagréable, mais quel honneur est-ce là si l'on n'a rien à manger ! »

Mon père la salua respectueusement et la raccompagna jusqu'à la porte de l'antichambre. J'étais planté là, avec ma veste étriquée, et je regardais le plancher, comme un condamné à mort. L'attitude de Zénaïde envers moi m'avait complètement désespéré. Quel ne fut pas mon étonnement quand, passant devant moi, elle me chuchota rapidement et avec l'ancienne expression caressante dans les yeux :

« Venez à huit heures, vous entendez, venez sans faute... »

Je ne pus qu'écarter les bras, elle s'était déjà éloignée, après avoir jeté son écharpe blanche sur sa tête.

VII

Ровно в восемь часов я в сюртуке и с приподнятым на голове коком входил в переднюю флигелька, где жила княгиня. Старик-слуга угрюмо посмотрел на меня и неохотно поднялся с лавки. В гостиной раздавались веселые голоса. Я отворил дверь и отступил в изумлении. Посреди комнаты, на стуле, стояла княжна и держала перед собой мужскую шляпу; вокруг стула толпилось пятеро мужчин. Они старались запустить руки в шляпу, а она поднимала ее кверху и сильно встряхивала ею. Увидевши меня, она вскрикнула:

— Постойте, постойте! новый гость, надо и ему дать билет, — и, легко соскочив со стула, взяла меня за обшлаг сюртука. — Пойдемте же, — сказала она, — что вы стоите? Messieurs, позвольте вас познакомить: это мсьё Вольдемар, сын нашего соседа. А это, — прибавила она, обращаясь ко мне и указывая поочередно на гостей, — граф Малевский, доктор Лушин, поэт Майданов, отставной капитан Нирмацкий и Беловзоров, гусар, которого вы уже видели. Прошу любить да жаловать.

Я до того сконфузился, что даже не поклонился никому; в докторе Лушине я узнал того самого черномазого господина, который так безжалостно меня пристыдил в саду; остальные были мне незнакомы.

VII

À huit heures exactement, vêtu de ma petite redingote, les cheveux relevés en coque sur la tête, j'entrais dans l'antichambre de l'aile où vivait la princesse. Le vieux serviteur me regarda d'un air maussade et ne se leva qu'à regret de son banc. Dans le salon retentissaient des voix pleines de gaieté. J'ouvris la porte et reculai, stupéfait. Au milieu de la pièce, debout sur une chaise, Zénaïde tenait devant elle un chapeau d'homme ; cinq hommes se pressaient autour de la chaise. Ils s'efforçaient de plonger la main dans le chapeau tandis qu'elle l'élevait en l'air et le secouait avec vigueur. En me voyant, elle s'écria :

« Attendez, attendez ! voici un nouvel invité, il faut lui donner aussi un billet », et, sautant légèrement du haut de la chaise, elle me saisit par le revers de ma redingote. « Allons, venez, dit-elle, qu'avez-vous à rester là ? *Messieurs*, permettez-moi de vous présenter : voici M. Voldemar, le fils de notre voisin. Et voici, ajouta-t-elle, en se tournant vers moi et m'indiquant les autres à tour de rôle, le comte Malievski, le docteur Louchine, le poète Maïdanov, le capitaine en retraite Nirmatski et Biélovzorov, hussard, que vous avez déjà vu. Je vous prie d'être bons amis. »

Je fus si confus que je ne saluai personne ; je reconnus dans le docteur Louchine le monsieur brun qui m'avait fait honte dans le jardin si impitoyablement ; les autres m'étaient inconnus.

— Граф! — продолжала Зинаида, — напишите мсьё Вольдемару билет.

— Это несправедливо, — возразил с легким польским акцентом граф, очень красивый и щегольски одетый брюнет, с выразительными карими глазами, узким белым носиком и тонкими усиками над крошечным ртом. — Они не играли с нами в фанты.

— Несправедливо, — повторили Беловзоров и господин, названный отставным капитаном, человек лет сорока, рябой до безобразия, курчавый как арап, сутуловатый, кривоногий и одетый в военный сюртук без эполет, нараспашку.

— Пишите билет, говорят вам, — повторила княжна. — Это что за бунт? Мсьё Вольдемар с нами в первый раз, и сегодня для него закон не писан. Нечего ворчать, пишите, я так хочу.

Граф пожал плечами, но наклонил покорно голову, взял перо в белую, перстнями украшенную руку, оторвал клочок бумаги и стал писать на нем.

— По крайней мере позвольте объяснить господину Вольдемару, в чем дело, — начал насмешливым голосом Лушин, — а то он совсем растерялся. Видите ли, молодой человек, мы играем в фанты; княжна подверглась штрафу, и тот, кому вынется счастливый билет, будет иметь право поцеловать у ней ручку. Поняли ли вы, что я вам сказал?

Я только взглянул на него и продолжал стоять как отуманенный, а княжна снова вскочила на

« Comte ! poursuivit Zénaïde, écrivez un billet pour M. Voldemar.

— C'est injuste », répliqua le comte avec un léger accent polonais ; il était brun, très beau et vêtu comme un dandy, il avait des yeux bruns expressifs, un petit nez blanc et mince et de fines moustaches au-dessus d'une bouche minuscule. « Il n'a pas joué aux gages avec nous.

— C'est injuste », répétèrent Biélovzorov et le monsieur qui avait été présenté comme capitaine en retraite ; c'était un homme d'environ quarante ans, grêlé comme il n'est pas permis, frisé comme un Arabe, voûté, aux jambes arquées ; il portait une redingote militaire sans épaulettes et déboutonnée.

« Écrivez un billet, vous dit-on, répéta Zénaïde. Qu'est-ce que c'est que cette révolte ? M. Voldemar est avec nous pour la première fois et aujourd'hui, pour lui, les règles n'existent pas. Il n'y a pas à ronchonner, écrivez, je le veux. »

Le comte haussa les épaules, mais inclina la tête docilement, prit une plume dans sa main blanche, ornée de bagues, arracha un morceau de papier et se mit à écrire.

« Permettez au moins d'expliquer à M. Voldemar de quoi il s'agit, commença Louchine d'une voix moqueuse, car il a complètement perdu le nord. Voyez-vous, jeune homme, nous jouons aux gages ; la princesse a été mise à l'amende et celui qui tirera le bon billet aura le droit de lui baiser la main. Avez-vous compris ce que je vous ai dit ? »

Je ne fis que le regarder et continuai à me tenir debout, le cerveau comme obscurci ; la princesse

стул и снова принялась встряхивать шляпой. Все к ней потянулись — и я за другими.

— Майданов, — сказала княжна высокому молодому человеку с худощавым лицом, маленькими слепыми глазками и чрезвычайно длинными черными волосами, — вы, как поэт, должны быть великодушны и уступить ваш билет мсьё Вольдемару, так, чтобы у него было два шанса вместо одного.

Но Майданов отрицательно покачал головой и взмахнул волосами. Я после всех опустил руку в шляпу, взял и развернул билет... Господи! что сталось со мною, когда я увидал на нем слово: поцелуй!

— Поцелуй! — вскрикнул я невольно.

— Браво! он выиграл, — подхватила княжна. — Как я рада! — Она сошла со стула и так ясно и сладко заглянула мне в глаза, что у меня сердце покатилось. — А вы рады? — спросила она меня.

— Я?.. — пролепетал я.

— Продайте мне свой билет, — брякнул вдруг над самым моим ухом Беловзоров. — Я вам сто рублей дам.

Я отвечал гусару таким негодующим взором, что Зинаида захлопала в ладоши, а Лушин воскликнул: молодец!

— Но, — продолжал он, — я, как церемониймейстер, обязан наблюдать за исполнением всех правил. Мсьё Вольдемар, опуститесь на одно колено. Так у нас заведено.

Зинаида стала передо мной, наклонила немного голову набок, как бы для того, чтобы

bondit de nouveau sur la chaise et de nouveau se mit à secouer le chapeau. Tous tendirent leurs bras vers elle et je fis comme eux.

« Maïdanov, dit la princesse à un grand jeune homme au visage maigre, avec de petits yeux de taupe et des cheveux noirs extraordinairement longs, en tant que poète, vous devriez être magnanime et céder votre billet à M. Voldemar, comme cela il aurait deux chances au lieu d'une. »

Mais Maïdanov secoua négativement la tête et agita ses cheveux. Je plongeai le dernier la main dans le chapeau, pris et dépliai le billet... Seigneur ! que devins-je quand j'y lus ces mots : un baiser !

« Un baiser ! m'écriai-je involontairement.

— Bravo ! Il a gagné, reprit la princesse. Comme je suis contente ! » Elle descendit de la chaise et me regarda dans les yeux d'un œil si clair et doux que mon cœur fit un bond. « Et vous, vous êtes content ? me demanda-t-elle.

— Moi ?... balbutiai-je.

— Vendez-moi votre billet, lâcha brusquement Biélovzorov juste à mon oreille. Je vous en donne cent roubles. »

Je répondis au hussard par un regard si indigné que Zénaïde battit des mains et que Louchine s'exclama : « Bravo » !

« Mais, continua-t-il, en tant que maître des cérémonies, je dois veiller à l'observation de toutes les règles. Monsieur Voldemar, mettez un genou à terre. C'est l'usage parmi nous. »

Zénaïde se tint devant moi, inclina un peu la tête sur le côté comme pour mieux m'examiner et me tendit la main d'un air grave. Mes yeux se trou-

лучше рассмотреть меня, и с важностью протянула мне руку. У меня помутилось в глазах; я хотел было опуститься на одно колено, упал на оба — и так неловко прикоснулся губами к пальцам Зинаиды, что слегка оцарапал себе конец носа ее ногтем.

— Добре! — закричал Лушин и помог мне встать.

Игра в фанты продолжалась. Зинаида посадила меня возле себя. Каких ни придумывала она штрафов! Ей пришлось, между прочим, представлять «статую» — и она в пьедестал себе выбрала безобразного Нирмацкого, велела ему лечь ничком, да еще уткнуть лицо в грудь. Хохот не умолкал ни на мгновение. Мне, уединенно и трезво воспитанному мальчику, выросшему в барском степенном доме, весь этот шум и гам, эта бесцеремонная, почти буйная веселость, эти небывалые сношения с незнакомыми людьми так и бросились в голову. Я просто опьянел, как от вина. Я стал хохотать и болтать громче других, так что даже старая княгиня, сидевшая в соседней комнате с каким-то приказным от Иверских ворот, позванным для совещания, вышла посмотреть на меня. Но я чувствовал себя до такой степени счастливым, что, как говорится, в ус не дул и в грош не ставил ничьих насмешек и ничьих косых взглядов. Зинаида продолжала

5. Les portes d'Ibérie, ou de la Résurrection, à l'entrée de la place Rouge, entre les actuels Musée historique et musée Lénine, portaient le nom de la chapelle d'Ibérie, l'une des plus célèbres de Russie, car elle renfermait la plus vénérée des icônes de Moscou, l'image miraculeuse de la Vierge ibérienne, copie de celle du couvent ibérien du Mont-Athos, datant de 1648.

blèrent ; je voulus mettre un genou en terre, tombai à deux genoux, et m'y pris si mal pour effleurer les doigts de Zénaïde de mes lèvres que je me griffai légèrement le bout du nez à un de ses ongles.

« Bien ! » s'écria Louchine et il m'aida à me relever.

Le jeu des gages continua. Zénaïde me fit asseoir près d'elle. Quels gages n'inventait-elle pas ! Elle dut, par exemple, faire la « statue » et elle se choisit pour piédestal l'affreux Nirmatski, elle lui ordonna de se coucher face contre terre, et de plus de cacher son visage contre sa poitrine. Les rires ne cessaient pas un instant. Tout ce bruit, ce brouhaha, cette gaieté sans contrainte, presque exubérante, ces rapports extraordinaires avec des personnes inconnues me montèrent à la tête, à moi qui avais été élevé dans la solitude et la froide raison, qui avais grandi dans une maison de grands seigneurs un peu guindés. Tout cela m'enivra littéralement, comme l'eût fait du vin. Je me mis à rire et bavarder plus fort que les autres, si bien que la vieille princesse, assise dans la pièce voisine avec je ne sais quel homme de loi des portes d'Ibérie[5], convoqué en consultation, vint même me regarder. Mais je me sentais heureux à un tel point que, comme on dit, je me moquais et me souciais comme d'une guigne des railleries et des regards obliques. Zénaïde continuait à me marquer de la préférence

Au XIXe siècle, des hommes de loi se tenaient près des portes d'Ibérie, à la disposition des particuliers pour donner des consultations juridiques ou rédiger des documents officiels.

Les portes d'Ibérie, de même que la chapelle, ont été détruites en 1919 et 1920.

оказывать мне предпочтение и не отпускала меня от себя. В одном штрафе мне довелось сидеть с ней рядом, накрывшись одним и тем же шелковым платком: я должен был сказать ей *свой секрет*. Помню я, как наши обе головы вдруг очутились в душной, полупрозрачной, пахучей мгле, как в этой мгле близко и мягко светились ее глаза и горячо дышали раскрытые губы, и зубы виднелись, и концы ее волос меня щекотали и жгли. Я молчал. Она улыбалась таинственно и лукаво и наконец шепнула мне: «Ну, что же?», а я только краснел и смеялся, и отворачивался, и едва переводил дух. Фанты наскучили нам, — мы стали играть в веревочку. Боже мой! какой я почувствовал восторг, когда, зазевавшись, получил от ней сильный и резкий удар по пальцам, и как потом я нарочно старался показывать вид, что зазевываюсь, а она дразнила меня и не трогала подставляемых рук!

Да то ли мы еще проделывали в течение этого вечера! Мы и на фортепьяно играли, и пели, и танцевали, и представляли цыганский табор. Нирмацкого одели медведем и напоили водою с солью. Граф Малевский показывал нам разные карточные фокусы и кончил тем, что, перетасовавши карты, сдал себе в вист все козыри, с чем Лушин «имел честь его поздравить». Майданов

6. Sorte de jeu de furet, mais sans anneau. Les personnes qui tiennent la ficelle la font glisser entre leurs mains ; si l'une

et ne me lâchait pas. À l'occasion d'un gage, il m'advint d'être assis à côté d'elle tandis que nous étions recouverts d'un même foulard : j'étais censé lui dire *mon secret*. Je me souviens comme nos deux têtes se trouvèrent soudain dans une obscurité étouffante, à demi transparente, odorante, comme dans cette obscurité ses yeux brillaient doucement, tout près, ses lèvres ouvertes laissaient passer sa respiration brûlante, je voyais ses dents et le bout de ses cheveux me chatouillait et me brûlait. Je me taisais. Elle souriait d'un air mystérieux et espiègle, enfin elle me chuchota : « Eh bien ? » ; mais je ne pouvais que rougir et rire et me détourner et respirer à peine. Quand les gages nous ennuyèrent, nous nous mîmes à jouer à la ficelle[6]. Mon Dieu ! quel transport je ressentis quand, ayant eu un moment de distraction, je reçus d'elle un coup brusque et violent sur les doigts, mais quand ensuite je m'efforçais exprès de faire semblant d'être distrait, elle me taquinait en ne touchant pas à mes mains offertes !

Que ne fîmes-nous pas pendant cette soirée ! Nous jouâmes du piano et chantâmes et dansâmes et fîmes un camp de Bohémiens. Nous déguisâmes Nirmatski en ours et lui donnâmes de l'eau avec du sel à boire. Le comte Malievski nous montra différents tours de cartes, puis il distribua le jeu pour un whist et s'arrangea, en le battant, pour se donner tous les atouts, ce dont Louchine « eut l'honneur de le féliciter ». Maïdanov nous déclama

d'elles s'arrête, la personne qui est au centre a le droit de lui taper sur les doigts.

декламировал нам отрывки из поэмы своей «Убийца» (дело происходило в самом разгаре романтизма), которую он намеревался издать в черной обертке с заглавными буквами кровавого цвета; у приказного от Иверских ворот украли с колен шапку и заставили его, в виде выкупа, проплясать казачка; старика Вонифатия нарядили в чепец, а княжна надела мужскую шляпу... Всего не перечислишь. Один Беловзоров всё больше держался в углу, нахмуренный и сердитый... Иногда глаза его наливались кровью, он весь краснел, и казалось, что вот-вот он сейчас ринется на всех нас и расшвыряет нас, как щепки, во все стороны; но княжна взглядывала на него, грозила ему пальцем, и он снова забивался в свой угол.

Мы, наконец, выбились из сил. Княгиня уж на что была, как сама выражалась, ходка — никакие крики ее не смущали, — однако и она почувствовала усталость и пожелала отдохнуть. В двенадцатом часу ночи подали ужин, состоявший из куска старого, сухого сыру и каких-то холодных пирожков с рубленой ветчиной, которые мне показались вкуснее всяких паштетов; вина была всего одна бутылка, и та какая-то странная: темная, с раздутым горлышком, и вино в ней отдавало розовой краской: впрочем, его никто не пил. Усталый и счастливый до изнеможения, я вышел из флигеля; на прощанье Зинаида мне крепко пожала руку и опять загадочно улыбнулась.

Ночь тяжело и сыро пахнула мне в разгоря-

des extraits de son poème *L'Assassin* (nous étions en plein romantisme) qu'il avait l'intention d'éditer sous une couverture noire avec des majuscules couleur de sang ; nous volâmes le bonnet de l'homme de loi des portes d'Ibérie sur ses genoux et l'obligeâmes, pour le racheter, à exécuter la danse russe ; nous coiffâmes le vieux Boniface d'un bonnet de femme et Zénaïde mit un chapeau d'homme... Impossible d'énumérer toutes nos farces. Seul Biélovzorov se tenait la plupart du temps dans un coin, renfrogné et courroucé... Parfois, ses yeux s'injectaient de sang, il devenait tout rouge et on avait l'impression qu'il allait se jeter sur nous tous et nous jeter de tous les côtés comme des fétus de paille ; mais Zénaïde le regardait, le menaçait du doigt et il se renfonçait dans son coin.

Nous fûmes, enfin, tout à fait épuisés. La mère de Zénaïde avait beau être bonne à tout, comme elle disait (aucun cri ne l'émouvait), elle s'avoua pourtant fatiguée et désira se reposer. Peu après onze heures du soir, on servit le souper qui se composait d'un morceau de fromage vieux et sec et de quelques petits pâtés froids au jambon haché qui me semblèrent meilleurs que n'importe quels pâtés de foie ; il n'y avait qu'une seule bouteille de vin et encore était-elle assez bizarre ; elle était noire, elle avait un goulot renflé et le vin avait un curieux reflet rose : d'ailleurs, personne n'en but. Las et heureux à n'en pouvoir plus, je sortis du pavillon ; Zénaïde me dit au revoir en me serrant fortement la main et en me souriant encore une fois d'une manière mystérieuse.

Le souffle lourd et humide de la nuit frappa mon

ченное лицо; казалось, готовилась гроза; черные тучи росли и ползли по небу, видимо меняя свои дымные очертания. Ветерок беспокойно содрогался в темных деревьях, и где-то далеко за небосклоном, словно про себя, ворчал гром сердито и глухо.

Через заднее крыльцо пробрался я в свою комнату. Дядька мой спал на полу, и мне пришлось перешагнуть через него; он проснулся, увидал меня и доложил, что матушка опять на меня рассердилась и опять хотела послать за мною, но что отец ее удержал. (Я никогда не ложился спать, не простившись с матушкой и не испросивши ее благословения.) Нечего было делать!

Я сказал дядьке, что разденусь и лягу сам, — и погасил свечку. Но я не разделся и не лег.

Я присел на стул и долго сидел как очарованный. То, что я ощущал, было так ново и так сладко... Я сидел, чуть-чуть озираясь и не шевелясь, медленно дышал и только по временам то молча смеялся, вспоминая, то внутренно холодел при мысли, что я влюблен, что вот она, вот эта любовь. Лицо Зинаиды тихо плыло передо мною во мраке — плыло и не проплывало; губы ее всё так же загадочно улыбались, глаза глядели на меня немного сбоку, вопросительно, задумчиво и нежно... как в то мгновение, когда я расстался с ней. Наконец я встал, на цыпочках

visage échauffé ; un orage semblait se préparer ; des nuées noires grossissaient et glissaient dans le ciel, changeant à vue d'œil leurs contours vaporeux. Un vent léger frémissait, inquiet, dans les arbres sombres et quelque part, loin derrière l'horizon, le tonnerre grommelait, comme à part soi, d'une voix sourde et courroucée.

Je me faufilai dans ma chambre par l'entrée de service. Mon domestique dormait par terre et je dus l'enjamber ; il se réveilla, m'aperçut et me dit que ma mère s'était encore fâchée contre moi et avait encore voulu m'envoyer chercher, mais que mon père l'en avait empêchée. (Je ne me couchais jamais sans avoir dit bonsoir à maman et sans avoir reçu sa bénédiction.) Il n'y avait rien à faire !

Je dis à mon domestique que je me déshabillerais et me coucherais moi-même et j'éteignis la bougie. Mais je ne me déshabillai pas et ne me couchai pas.

Je m'assis sur le bord d'une chaise et restai longtemps ainsi, comme dans un enchantement. Ce que je ressentais était si nouveau et si doux... Je restais assis, regardant à peine autour de moi, sans bouger, respirant lentement et seulement par instants riant silencieusement au souvenir de la soirée ou bien me glaçant intérieurement à l'idée que j'étais amoureux, que c'était lui, c'était cet amour-là qui était venu. Le visage de Zénaïde flottait doucement devant moi dans l'obscurité, il flottait et ne se dissolvait pas ; ses lèvres me souriaient toujours de la même façon mystérieuse, ses yeux me regardaient un peu de côté, d'un air interrogateur, pensif et tendre... comme au moment où j'avais pris congé d'elle. Enfin, je me levai, m'approchai

подошел к своей постели и осторожно, не раздеваясь, положил голову на подушку, как бы страшась резким движением потревожить то, чем я был переполнен...

Я лег, но даже глаз не закрыл. Скоро я заметил, что ко мне в комнату беспрестанно западали какие-то слабые отсветы. Я приподнялся и глянул в окно. Переплет его четко отделялся от таинственно и смутно белевших стекол. «Гроза», — подумал я, — и точно была гроза, но она проходила очень далеко, так что и грома не было слышно; только на небе непрерывно вспыхивали неяркие, длинные, словно разветвленные молнии: они не столько вспыхивали, сколько трепетали и подергивались, как крыло умирающей птицы. Я встал, подошел к окну и простоял там до утра... Молнии не прекращались, ни на мгновение; была, что называется в народе, *воробьиная* почь. Я глядел на немое песчаное поле, на темную массу Нескучного сада, на желтоватые фасады далеких зданий, тоже как будто вздрагиваших при каждой слабой вспышке... Я глядел — и не мог оторваться; эти немые молнии, эти сдержанные блистания, казалось, отвечали тем немым и тайным порывам, которые вспыхивали также во мне. Утро стало заниматься; алыми пятнами выступила

sur la pointe des pieds de mon lit et avec précaution, sans me déshabiller, je posai ma tête sur l'oreiller comme si j'avais eu peur, par un mouvement trop vif, de troubler ce dont j'étais empli...

Je me couchai, mais ne fermai même pas les yeux. Je remarquai bientôt que quelques faibles reflets de lumière pénétraient sans arrêt dans ma chambre. Je me soulevai et regardai par la fenêtre. Les croisillons se détachaient nettement des vitres dont la blancheur était mystérieuse et trouble. « C'est l'orage », pensai-je, et c'était bien l'orage, mais il passait très loin, si loin qu'on n'entendait même pas le tonnerre ; seuls, des éclairs éclataient sans cesse dans le ciel, peu lumineux, longs, comme ramifiés : plutôt que d'éclater, ils frémissaient et tressautaient comme l'aile d'un oiseau mourant... Je me levai, m'approchai de la fenêtre et restai là jusqu'au matin... Les éclairs ne cessèrent pas un instant ; ce fut ce qu'on appelle dans le peuple une nuit *de moineaux*[7]. Je regardais la campagne sablonneuse et muette, la masse sombre du jardin Niéskoutchny, les façades jaunâtres des immeubles lointains, qui semblaient aussi tressaillir à chaque éclat faible d'un éclair. Je regardais et ne pouvais détacher mes regards de ce spectacle ; ces éclairs muets, ces lueurs retenues semblaient répondre aux élans muets et secrets qui éclataient aussi en moi. Le jour commença à se lever ; l'aube vint avec ses taches pourpres. L'approche du soleil faisait blêmir et cesser les éclairs, ils tressaillaient de plus en plus

7. Cette expression désigne une nuit d'été orageuse avec des éclairs et des roulements de tonnerre incessants.

заря. С приближением солнца всё бледнели и сокращались молнии: они вздрагивали всё реже и реже и исчезли наконец, затопленные отрезвляющим и несомнительным светом возникавшего дня...

И во мне исчезли мои молнии. Я почувствовал большую усталость и тишину... но образ Зинаиды продолжал носиться, торжествуя, над моею душой. Только он сам, этот образ, казался успокоенным: как полетевший лебедь — от болотных трав, отделился он от окружавших его других неблаговидных фигур, и я, засыпая, в последний раз припал к нему с прощальным и доверчивым обожанием...

О, кроткие чувства, мягкие звуки, доброта и утихание тронутой души, тающая радость первых умилений любви, — где вы, где вы?

VIII

На следующее утро, когда я сошел к чаю, матушка побранила меня — меньше, однако, чем я ожидал — и заставила меня рассказать, как я провел накануне вечер. Я отвечал ей в немногих словах, выпуская многие подробности и стараясь придать всему вид самый невинный.

— Все-таки они люди не comme il faut, — заметила матушка, — и тебе нечего к ним таскаться, вместо того чтоб готовиться к экзамену да заниматься.

Так как я знал, что заботы матушки о моих

rarement et ils finirent par disparaître, submergés par la lumière raisonnable et franche du jour qui se levait...

Mes propres éclairs disparurent également dans mon âme. Je ressentis soudain une grande fatigue et un grand calme... mais l'image de Zénaïde continua à voltiger, triomphante, au-dessus de mon cœur. Cette image semblait apaisée : comme un cygne qui a pris son envol, qui s'est arraché aux herbes des marais, elle était détachée des autres figures disgracieuses qui l'entouraient et, en m'endormant, je tombai à ses pieds pour la dernière fois, en une ultime adoration confiante...

Oh ! sentiments timides, douce mélodie, bonté et apaisement d'une âme qui a été touchée, joie languide des premiers attendrissements de l'amour, où êtes-vous, où êtes-vous ?

VIII

Le lendemain matin, quand je descendis pour le thé, ma mère me gronda, moins, cependant, que je ne m'y attendais, et me fit raconter comment j'avais passé la soirée de la veille. Je lui répondis en quelques mots, en passant sur beaucoup de détails et en m'efforçant de donner à tout l'air le plus innocent.

« Tout de même, ce ne sont pas des gens *comme il faut*, remarqua ma mère, et tu n'as pas à traîner chez eux au lieu de préparer ton examen et de travailler. »

Comme je savais que les soucis de ma mère à

занятиях ограничатся этими немногими словами, то я и не почел нужным возражать ей; но после чаю отец меня взял под руку и, отправившись вместе со мною в сад, заставил меня рассказать всё, что я видел у Засекиных.

Странное влияние имел на меня отец — и странные были наши отношения. Он почти не занимался моим воспитанием, но никогда не оскорблял меня; он уважал мою свободу — он даже был, если можно так выразиться, вежлив со мною... Только он не допускал меня до себя. Я любил его, я любовался им, он казался мне образцом мужчины — и, боже мой, как бы я страстно к нему привязался, если б я постоянно не чувствовал его отклоняющей руки! Зато, когда он хотел, он умел почти мгновенно, одним словом, одним движением возбудить во мне неограниченное доверие к себе. Душа моя раскрывалась — я болтал с ним, как с разумным другом, как с снисходительным наставником... Потом он так же внезапно покидал меня — и рука его опять отклоняла меня, ласково и мягко, но отклоняла.

На него находила иногда веселость, и тогда он готов был резвиться и шалить со мной, как мальчик (он любил всякое сильное телесное движение); раз — всего только раз! — он приласкал меня с такою нежностью, что я чуть не заплакал... Но и веселость его и нежность исчезали без следа — и то, что происходило между нами, не давало мне никаких надежд на будущее, точно я всё это во сне видел. Бывало, стану я рассматривать его умное, красивое, светлое

propos de mon travail se borneraient à ces quelques mots, je ne crus pas nécessaire de lui répliquer ; mais, après le thé, mon père me prit par le bras et, m'entraînant dans le jardin, il me fit lui raconter tout ce que j'avais vu chez les Zassiékine.

Étrange était l'influence que mon père avait sur moi et étranges étaient nos relations. Il ne s'occupait presque pas de mon éducation, mais il ne m'offensait jamais ; il respectait ma liberté, il était même, si on peut s'exprimer ainsi, courtois avec moi... Seulement il me tenait à l'écart. Je l'aimais, je l'admirais, il me semblait l'idéal pour un homme et, mon Dieu, comme je me serais passionnément attaché à lui si je n'avais pas senti constamment sa main qui me repoussait ! En revanche, quand il le voulait, il savait presque instantanément par un seul mot, par un seul geste, susciter en moi une confiance illimitée en lui. Mon âme s'ouvrait, et je bavardais avec lui comme avec un ami raisonnable, comme avec un maître indulgent... Puis, il m'abandonnait presque aussi brusquement, et sa main, à nouveau, me repoussait, affectueusement et doucement, mais elle me repoussait.

Il avait parfois des accès de gaieté et il était prêt alors à s'amuser et à faire le fou avec moi, comme un enfant (il aimait tous les exercices violents) ; une fois, une fois seulement ! il me caressa avec une telle tendresse que je faillis en pleurer... Mais sa gaieté et sa tendresse disparaissaient sans laisser de traces et ce qui se passait entre nous ne me donnait aucun espoir pour l'avenir, comme si j'avais vu tout cela en rêve. Il m'arrivait parfois de regarder son beau visage, clair, intelligent...

лицо... сердце мое задрожит, и всё существо мое устремится к нему... он словно почувствует, что во мне происходит, мимоходом потреплет меня по щеке — и либо уйдет, либо займется чем-нибудь, либо вдруг весь застынет, как он один умел застывать, и я тотчас же сожмусь и тоже похолодею. Редкие припадки его расположения ко мне никогда не были вызваны моими безмолвными, но понятными мольбами: они приходили всегда неожиданно. Размышляя впоследствии о характере моего отца, я пришел к такому заключению, что ему было не до меня и не до семейной жизни; он любил другое и насладился этим другим вполне. «Сам бери, что можешь, а в руки не давайся; самому себе принадлежать — в этом вся штука жизни», — сказал он мне однажды. В другой раз я в качестве молодого демократа пустился в его присутствии рассуждать о свободе (он в тот день был, как я это называл, «добрый»; тогда с ним можно было говорить о чем угодно).

— Свобода, — повторил он, — а знаешь ли ты, что может человеку дать свободу?

— Что?

— Воля, собственная воля, и власть она даст, которая лучше свободы. Умей хотеть — и будешь свободным, и командовать будешь.

Отец мой прежде всего и больше всего хотел жить — и жил... Быть может, он предчувствовал, что ему не придется долго пользоваться «штукой» жизни: он умер сорока двух лет.

Я подробно рассказал отцу мое посещение у Засекиных. Он полувнимательно, полурассеянно

mon cœur se mettait alors à palpiter et tout mon être s'élançait vers lui... on aurait dit qu'il sentait ce qui se passait en moi, il me tapotait la joue en passant et s'en allait, ou s'occupait d'autre chose, ou soudain se figeait tout entier comme lui seul savait le faire, et moi, je me recroquevillais aussitôt et me glaçais aussi. Ses rares accès de tendresse pour moi n'étaient jamais provoqués par mes prières muettes, mais claires : ils venaient toujours à l'improviste. En réfléchissant par la suite au caractère de mon père, j'en arrivai à la conclusion qu'il ne s'intéressait ni à moi ni à la vie de famille ; il aimait autre chose et il sut en jouir pleinement. « Prends toi-même ce que tu peux et ne te laisse pas dominer ; s'appartenir à soi-même, c'est tout ce qui compte dans la vie », me dit-il un jour. Une autre fois, en jeune démocrate que j'étais, je me lançai en sa présence dans des réflexions sur la liberté (ce jour-là, il était, comme j'appelais cela, « bon » ; on pouvait alors parler avec lui de n'importe quoi).

« La liberté, répéta-t-il, sais-tu seulement ce qui peut donner à l'homme la liberté ?

— Quoi donc ?

— La volonté, sa propre volonté, et elle donne le pouvoir, qui vaut mieux que la liberté. Sache vouloir et tu seras libre, et tu commanderas. »

Avant tout et par-dessus tout, mon père voulait vivre, et il vécut... Peut-être pressentait-il qu'il ne profiterait pas longtemps de « ce qui compte » dans la vie : il mourut à quarante-deux ans.

Je racontai en détail à mon père ma visite chez les Zassiékine. Il m'écouta mi-attentif, mi-distrait,

слушал меня, сидя на скамье и рисуя концом хлыстика на песке. Он изредка посмеивался, как-то светло и забавно поглядывал на меня и подзадоривал меня короткими вопросами и возражениями. Я сперва не решался даже выговорить имя Зинаиды, но не удержался и начал превозносить ее. Отец всё продолжал посмеиваться. Потом он задумался, потянулся и встал.

Я вспомнил, что, выходя из дома, он велел оседлать себе лошадь. Он был отличный ездок — и умел, гораздо раньше г. Рери, укрощать самых диких лошадей.

— Я с тобой поеду, папаша? — спросил я его.

— Нет, — ответил он, и лицо его приняло обычное равнодушно-ласковое выражение. — Ступай один, коли хочешь; а кучеру скажи, что я не поеду.

Он повернулся ко мне спиной и быстро удалился. Я следил за ним глазами — он скрылся за воротами. Я видел, как его шляпа двигалась вдоль забора: он вошел к Засекиным.

Он остался у них не более часа, но тотчас же отправился в город и вернулся домой только к вечеру.

После обеда я сам пошел к Засекиным. В гостиной я застал одну старуху княгиню. Увидев меня, она почесала себе в голове под чепцом концом спицы и вдруг спросила меня, могу ли я переписать ей одну просьбу.

— С удовольствием, — отвечал я и присел на кончик стула.

— Только смотрите покрупнее буквы ставьте,

assis sur un banc et dessinant sur le sable du bout de sa cravache. Parfois il riait légèrement, me regardait d'un œil clair et narquois et m'aiguillonnait par de brèves questions et objections. Au début je ne pouvais pas me décider à prononcer même le nom de Zénaïde, mais je n'y tins plus et me mis à chanter ses louanges. Mon père continuait toujours à rire légèrement. Puis il devint pensif, s'étira et se leva.

Je me souvins qu'en sortant de la maison, il avait donné l'ordre qu'on sellât son cheval. C'était un excellent cavalier et il savait, bien avant M. Reri, dompter les chevaux les plus sauvages.

« Puis-je monter avec toi, papa ? lui demandai-je.

— Non », répondit-il et son visage prit son habituelle expression de tendresse indifférente. « Va seul, si tu veux ; et dis au cocher que je ne monterai pas. »

Il me tourna le dos et s'éloigna rapidement. Je le suivis des yeux, il disparut derrière la grande porte. Je vis son chapeau longer la palissade : il entra chez les Zassiékine.

Il ne resta pas plus d'une heure chez eux, mais tout de suite après il alla en ville et ne revint à la maison qu'au soir.

Après le déjeuner, j'allai moi-même chez les Zassiékine. Dans le salon, je ne trouvai que la vieille princesse. En me voyant, elle se gratta la tête, sous son bonnet, du bout de son aiguille à tricoter et me demanda soudain si je pouvais lui recopier une requête.

« Avec plaisir, répondis-je et je m'assis sur le bord d'une chaise.

— Seulement faites attention à faire des lettres

— промолвила княгиня, подавая мне измаранный лист, — да нельзя ли сегодня, батюшка?

— Сегодня же перепишу-с.

Дверь из соседней комнаты чуть-чуть отворилась, и в отверстии показалось лицо Зинаиды — бледное, задумчивое, с небрежно откинутыми назад волосами: она посмотрела на меня большими холодными глазами и тихо закрыла дверь.

— Зина, а Зина! — проговорила старуха.

Зинаида не откликнулась. Я унес просьбу старухи и целый вечер просидел над ней.

IX

Моя «страсть» началась с того дня. Я, помнится, почувствовал тогда нечто подобное тому, что должен почувствовать человек, поступивший на службу: я уже перестал быть просто молодым мальчиком; я был влюбленный. Я сказал, что с того дня началась моя страсть; я бы мог прибавить, что и страдания мои начались с того же самого дня. Я изнывал в отсутствие Зинаиды: ничего мне на ум не шло, всё из рук валилось, я по целым дням напряженно думал о ней... Я изнывал... но в ее присутствии мне не становилось легче. Я ревновал, я сознавал свое ничтожество, я глупо дулся и глупо раболепствовал — и все-таки непреодолимая сила

assez grandes, dit-elle en me tendant une feuille de papier toute griffonnée, et ne pourriez-vous le faire aujourd'hui, mon bon ?

— Je le ferai aujourd'hui même, madame. »

La porte de la pièce voisine s'entrouvrit très légèrement et dans l'entrebâillement apparut le visage de Zénaïde, blême, pensif, avec des cheveux négligemment ramenés en arrière : elle me regarda avec de grands yeux froids et referma doucement la porte.

« Zina, écoute, Zina ! » dit sa mère.

Zénaïde ne répondit pas. J'emportai la requête et passai toute la soirée à la recopier.

IX

C'est à partir de ce jour-là que commença ma « passion ». Je ressentis alors, il m'en souvient, quelque chose de semblable à ce que doit ressentir un homme qui vient de prendre un emploi ; j'avais cessé de n'être qu'un jeune garçon ; j'étais amoureux. J'ai dit que c'est à partir de ce jour-là que commença ma passion ; je pourrais ajouter que c'est à partir de ce même jour que commencèrent également mes souffrances. Je languissais en l'absence de Zénaïde : j'avais la tête parfaitement vide, tout me tombait des mains, je pensais à elle intensément pendant des jours entiers... Je languissais... mais en sa présence la vie ne m'était pas plus légère. J'étais jaloux, j'avais conscience de ma nullité, je boudais bêtement et rampais bêtement devant elle, et pourtant une force invincible

влекла меня к ней, и я всякий раз с невольной дрожью счастья переступал порог ее комнаты. Зинаида тотчас же догадалась, что я в нее влюбился, да я и не думал скрываться; она потешалась моей страстью, дурачила, баловала и мучила меня. Сладко быть единственным источником, самовластной и безответной причиной величайших радостей и глубочайшего горя для другого — а я в руках Зинаиды был как мягкий воск. Впрочем, не я один влюбился в нее: все мужчины, посещавшие ее дом, были от ней без ума — и она их всех держала на привязи, у своих ног. Ее забавляло возбуждать в них то надежды, то опасения, вертеть ими по своей прихоти (это она называла: стукать людей друг о друга) — а они и не думали сопротивляться и охотно покорялись ей. Во всем ее существе, живучем и красивом, была какая-то особенно обаятельная смесь хитрости и беспечности, искусственности и простоты, тишины и резвости; над всем, что она делала, говорила, над каждым ее движением носилась тонкая, легкая прелесть, во всем сказывалась своеобразная, играющая сила. И лицо ее беспрестанно менялось, играло тоже: оно выражало, почти в одно и то же время, — насмешливость, задумчивость и страстность. Разнообразнейшие чувства, легкие, быстрые, как тени облаков в солнечный ветреный день, перебегали то и дело по ее глазам и губам.

Каждый из ее поклонников был ей нужен.

m'attirait vers elle et, chaque fois, c'est avec un involontaire tremblement de bonheur que je franchissais le seuil de son salon. Zénaïde avait tout de suite deviné que j'étais tombé amoureux d'elle, d'ailleurs je ne cherchais pas à le cacher ; elle s'amusait de ma passion, elle me menait en bateau, me gâtait et me tourmentait. Il est doux d'être la source unique, la cause despotique et irresponsable des plus grandes joies et du plus profond chagrin d'un autre être et, entre les doigts de Zénaïde, j'étais comme une cire molle. Au reste, je n'étais pas le seul à être tombé amoureux d'elle : tous les hommes qui fréquentaient sa maison étaient fous d'elle et elle, elle les tenait tous en laisse, à ses pieds. Cela l'amusait de faire naître en eux tantôt de l'espoir, tantôt de la crainte, de les faire tourner selon son caprice (elle appelait cela : cogner les gens les uns contre les autres) et eux, ils ne songeaient même pas à lui résister, ils se soumettaient volontiers à elle. Dans tout son être, plein de beauté et de vie, il y avait une sorte de mélange particulièrement enchanteur de ruse et d'insouciance, d'artifice et de simplicité, de calme et de vivacité ; sur tout ce qu'elle faisait et disait, sur chacun de ses gestes voltigeait un charme fin et léger, dans tous ses actes apparaissait une force pétillante, originale. Son visage aussi changeait constamment, pétillait également : il exprimait presque en même temps l'ironie, la rêverie et la passion. Les sentiments les plus divers, légers, rapides comme les ombres des nuages par un jour de soleil et de vent, passaient à tout instant dans ses yeux et sur ses lèvres.

Chacun de ses admirateurs lui était nécessaire.

Беловзоров, которого она иногда называла «мой зверь», а иногда просто «мой», — охотно кинулся бы за нее в огонь; не надеясь на свои умственные способности и прочие достоинства, он всё предлагал ей жениться на ней, намекая на то, что другие только болтают. Майданов отвечал поэтическим струнам ее души: человек довольно холодный, как почти все сочинители, он напряженно уверял ее, а может быть, и себя, что он ее обожает, воспевал ее в нескончаемых стихах и читал их ей с каким-то и неестественным и искренним восторгом. Она и сочувствовала ему и чуть-чуть трунила над ним; она плохо ему верила и, наслушавшись его излияний, заставляла его читать Пушкина, чтобы, как она говорила, очистить воздух. Лушин, насмешливый, цинический на словах доктор, знал ее лучше всех — и любил ее больше всех, хотя бранил ее за глаза и в глаза. Она его уважала, но не спускала ему — и подчас с особенным, злорадным удовольствием давала ему чувствовать, что и он у ней в руках. «Я кокетка, я без сердца, я актерская натура, — сказала она ему однажды в моем присутствии, — а, хорошо! Так подайте ж вашу руку, я воткну в нее булавку, вам будет стыдно этого молодого человека, вам будет больно, а все-таки вы, господин правдивый человек, извольте смеяться». Лушин покраснел, отворотился, закусил губы, но кончил тем, что подставил руку. Она его уколола, и он точно начал смеяться... и она смеялась, запуская довольно глубоко булавку и заглядывая

Biélovzorov, qu'elle appelait parfois « ma bête sauvage » et parfois simplement « mon » Biélovzorov, se serait volontiers jeté dans le feu pour elle ; ne comptant pas sur ses facultés intellectuelles ni sur ses autres qualités, il lui proposait tout le temps de l'épouser, laissant entendre que les autres n'étaient que des bavards. Maïdanov répondait aux cordes poétiques de son âme : assez froid, comme presque tous les écrivains, il essayait intensément de la convaincre, et peut-être de se convaincre lui-même qu'il l'adorait, il la chantait dans des vers interminables, qu'il lui lisait avec des transports forcés et sincères à la fois. Elle avait de la sympathie pour ce jeune homme et en même temps se moquait très légèrement de lui ; elle ne le croyait guère et, après s'être repue de ses effusions, elle l'obligeait à lire du Pouchkine pour, disait-elle, purifier l'atmosphère. Louchine, médecin ironique, cynique en paroles, la connaissait mieux que tous les autres et l'aimait plus que tous les autres bien qu'il la grondât en son absence comme en sa présence. Elle le respectait, mais ne lui passait rien et, parfois, lui faisait sentir avec un plaisir méchant, particulier, que lui aussi était prisonnier entre ses mains. « Je suis une coquette, une sans-cœur, j'ai une nature d'actrice, lui dit-elle un jour en ma présence, bien ! Alors, tendez-moi donc votre main, je vais y planter une épingle, vous aurez honte devant ce jeune homme, vous aurez mal et pourtant, monsieur l'homme franc, vous voudrez bien rire. » Louchine rougit, se détourna, se mordit les lèvres, mais finit par tendre sa main. Elle le piqua et il se mit à rire, effectivement... et elle rit en enfonçant l'épingle

ему в глаза, которыми он напрасно бегал по сторонам...

Хуже всего я понимал отношения, существовавшие между Зинаидой и графом Малевским. Он был хорош собою, ловок и умен, но что-то сомнительное, что-то фальшивое чудилось в нем даже мне, шестнадцатилетнему мальчику, и я дивился тому, что Зинаида этого не замечает. А может быть, она и замечала эту фальшь и не гнушалась ею. Неправильное воспитание, странные знакомства и привычки, постоянное присутствие матери, бедность и беспорядок в доме, всё, начиная с самой свободы, которою пользовалась молодая девушка, с сознания ее превосходства над окружавшими ее людьми, развило в ней какую-то полупрезрительную небрежность и невзыскательность. Бывало, что ни случится — придет ли Вонифатий доложить, что сахару нет, выйдет ли наружу какая-нибудь дрянная сплетня, поссорятся ли гости, — она только кудрями встряхнет, скажет: пустяки! — и горя ей мало.

Зато у меня, бывало, вся кровь загоралась, когда Малевский подойдет к ней, хитро покачиваясь, как лиса, изящно обопрется на спинку ее стула и начнет шептать ей на ухо с самодовольной и заискивающей улыбочкой, — а она скрестит руки на груди, внимательно глядит на него, и сама улыбается и качает головой.

— Что вам за охота принимать господина Малевского? — спросил я ее однажды.

1 Ivan Serguéevitch Tourguéniev (1818-1883) à 20 ans. Aquarelle de K. A. Gorbounov. Bibliothèque slave du Foyer Saint-Georges, Meudon.

2

3

Une enfance provinciale et terrienne dans le vaste domaine de Spasskoïé (Gouvernement d'Orel) révèle à Tourguéniev la réalité de la vieille Russie et une connaissance directe de la nature.

2 *Vue de la propriété de Spasskoïé*, vers 1840, par G. V. Soroka. Musée russe, Leningrad.

3 La maison de Tourguéniev à Spasskoïé, état actuel.

амять о г. ОРЛЕ

4

5

« J'avais alors 16 ans. Cela se passait pendant l'été 1833. Je vivais à Moscou chez mes parents. Ils louaient une maison de campagne près de la barrière de Kalouga, en face du jardin de Niéskoutchny. »

4, 5, 6 Vues de Moscou vers 1825/30 : Le *Kremlin*, la *Place des Boutiques* et l'*Hôtel de M. Paschkof*. Gravures anonymes. Bibliothèque nationale, Paris.

6

7

8

9

10

Le Tsar Nicolas Ier incarne l'autocratie absolue. Dès son avènement, il brise l'insurrection décembriste (26 décembre 1825), premier soulèvement révolutionnaire visant à détruire la société tsariste.

7 *Nicolas Ier* (1796-1855) par Bottmann, 1840. Peterhof.
8 *Les Décembristes exilés à la casemate de Tcheta* (Sibérie), par Ilia Répine. Musée d'Histoire, Leningrad.
9 *Parade de Nicolas Ier sur le Champ de Mars à Saint-Pétersbourg*. Anonyme. Musée d'Histoire, Leningrad.
10 La légendaire poésie de Moscou : neige et traîneaux, coupoles dorées, églises peintes... *Course de traîneaux dans le parc Petrovski aux environs de Moscou*. Gravure anonyme, XIXe s. Musée d'Histoire, Moscou.

11

11 Alexandre Ivanovitch Herzen (1812-1870), v. 1860. Photo Levtsky. Bibliothèque nationale, Paris.
Une amitié forte de vingt ans d'émotions philosophiques et politiques se rompt en ce début des « années 60 » : Herzen, très slavophile, reproche à Tourguéniev son libéralisme à l'occidentale.

12 Ivan Tourguéniev, v. 1858/60, dessiné par Pauline Viardot. Celui que George Sand appellera « le Grand Moscove ».

13 Léon Tolstoï (1828-1910) à 29 ans. Dessin d'après une photographie. Un mélange violent d'admiration et d'agacement rapproche puis sépare Tourguéniev et Tolstoï. « Sans lui je m'ennuie terriblement », écrit Tourguéniev en 1856 ; en 1857, « Tout ce que j'aime, il ne l'aime pas et inversement ».

14 Alexandre Pouchkine (1799-1837), premier portrait connu. « Je me rappelle son petit visage basané, ses lèvres africaines, l'éclat de ses grandes dents blanches ». Sa mort tragique affecte profondément Tourguéniev.

12

13

14

15 Les personnages de *Premier amour* appartiennent à cette noblesse de Moscou, cultivée, typiquement russe.
Salon et cabinet de travail dans l'appartement des nobles Batviniev à Moscou. Peinture anonyme, v. 1846. Musée d'Histoire, Moscou.

Tourguéniev, qui a appris la poésie avec un vieux serf, soutient avec ardeur les mesures qui préparent l'émancipation.

16 *Paysan russe revenant de la forêt.*
17 *Famille russe voyageant pendant l'été, aux environs de Moscou.* Lithographies de G. Engelmann d'après L. Bacler d'Albe, milieu du XIXe s. Bibliothèque nationale, Paris.

15

16

18

19

20

21

Illustrations de *Premier amour*.

18 « Au milieu de la pièce, debout sur une chaise, Zénaïde tenait devant elle un chapeau d'homme ; cinq hommes se pressaient autour de la chaise. »

19 « J'avais aperçu mon père et Zénaïde. Ils allaient côte à côte ». Lithographies de K. Klementiev, 1933.

20 « J'aurais à l'instant tout donné au monde pour que ces charmants petits doigts me frappent moi aussi sur le front. » Gravure de A. Schenk, 1863. Bibliothèque nationale, Paris.

21 « Là serpentait un sentier qui m'avait toujours paru mystérieux... » Lithographie, 1885. Collection particulière.

22

23

24

Pauline Viardot, la seule femme que Tourguéniev avouera avoir vraiment aimée...

22 Le château de Courtavenel, près de Rosay-en-Brie, propriété de la famille Viardot de 1844 à 1863. Dessin de Pauline Viardot, v. 1860. Bibliothèque nationale, Paris.

23 « Que ne fîmes-nous pas pendant cette soirée ! Nous jouâmes du piano et chantâmes et dansâmes » : les soirées à Courtavenel, autour de Pauline, devaient souvent ressembler aux soirées moscovites... Image russe, v. 1850. Collection particulière.

24 Pauline Viardot (1821-1910), dessinée par elle-même, telle que Tourguéniev la vit pour la première fois à Saint-Pétersbourg en 1843. Bibliothèque de l'Opéra, Paris.

« Ma mère envoya même saluer la princesse et lui fit savoir son regret de ne pouvoir la voir avant son départ, car elle était souffrante. »

25 *La matinée d'une propriétaire*, par A. Venetsianov, 1823. Galerie Tretiakov, Moscou.

Crédits photographiques

1 H. Josse-Gallimard. 2 Coll. part. 3 G. Kostenko-D.R. 4, 12, 18, 19 A.P.N. 5, 11, 16, 17, 20, 22, 24 Bibl. nat. 6 Coll. Viollet. 7, 8, 9 H. Josse 10, 13, 14, 15, 25, *couverture* Edimedia. 21 Explorer Archives. 23 Desmarteau-Explorer Archives.

assez profondément et en le regardant dans les yeux tandis qu'il les détournait en vain...

Les relations qui existaient entre Zénaïde et le comte Malievski m'étaient le moins compréhensibles. Il était bien fait de sa personne, adroit et intelligent, mais il semblait y avoir quelque chose de douteux, quelque chose de faux en lui, qui était sensible même pour moi, garçon de seize ans, et je m'étonnais que Zénaïde ne le remarquât pas. Peut-être le remarquait-elle et n'en avait-elle pas de dégoût. Une éducation mal dirigée, d'étranges fréquentations et habitudes, la présence constante de sa mère, la pauvreté et le désordre de la maison, tout, à commencer par la liberté même dont jouissait la jeune fille, par la conscience qu'elle avait de sa supériorité sur les personnes qui l'entouraient, avait développé en elle une certaine insouciance et un certain manque d'exigence morale où entrait du mépris. Quoi qu'il arrivât, que Boniface vînt dire qu'il n'y avait plus de sucre, qu'un vilain commérage fît surface, que des invités se disputassent, elle ne faisait que secouer ses boucles et dire : « Sottises ! » et ne s'en tracassait pas.

En revanche, moi, je sentais mon sang bouillir si Malievski s'approchait d'elle, en se coulant de façon rusée comme un renard, s'appuyait élégamment au dossier de sa chaise et se mettait à lui murmurer quelque chose à l'oreille avec un petit sourire suffisant et provocant tandis que, les bras croisés sur la poitrine, elle le regardait attentivement, souriait et hochait la tête.

« Quel plaisir avez-vous donc à recevoir monsieur Malievski ? lui demandai-je un jour.

— А у него такие прекрасные усики, — отвечала она. — Да это не по вашей части.

— Вы не думаете ли, что я его люблю, — сказала она мне в другой раз. — Нет; я таких любить не могу, на которых мне приходится глядеть сверху вниз. Мне надобно такого, который сам бы меня сломил... Да я на такого не наткнусь, Бог милостив! Не нопадусь никому в лапы, ни-ни!

— Стало быть, вы никогда не полюбите?

— А вас-то? Разве я вас не люблю? — сказала она и ударила меня по носу концом перчатки.

Да, Зинаида очень потешалась надо мною. В течение трех недель я ее видел каждый день — и чего, чего она со мной не выделывала! К нам она ходила редко, и я об этом не сожалел: в нашем доме она превращалась в барышню, в княжну, — и я ее дичился. Я боялся выдать себя перед матушкой; она очень не благоволила к Зинаиде и неприязненно наблюдала за нами. Отца я не так боялся: он словно не замечал меня, а с ней говорил мало, но как-то особенно умно и значительно. Я перестал работать, читать — я даже перестал гулять по окрестностям, ездить верхом. Как привязанный за ножку жук, я кружился постоянно вокруг любимого флигелька: казалось, остался бы там навсегда... но это было невозможно; матушка ворчала на меня, иногда сама Зинаида меня прогоняла. Тогда я запирался у себя в комнате или уходил на самый конец сада, взбирался на уцелевшую развалину высокой каменной оранжереи и, свесив ноги со стены, выходившей на дорогу,

— Il a de si jolies petites moustaches, répondit-elle. Mais vous ne comprenez rien à ces choses. »

« Ne pensez pas que je l'aime, me dit-elle une autre fois. Non ; je ne peux pas aimer ceux que je dois regarder de haut en bas. Il m'en faut un qui me fasse plier, lui... Mais je ne tomberai pas dessus, grâce à Dieu ! Je ne tomberai entre les pattes de personne, non, non !

— Par conséquent, vous n'aimerez jamais ?

— Et vous donc ? Est-ce que je ne vous aime pas ? » dit-elle et elle me frappa le nez du bout de son gant.

Oui, Zénaïde s'amusait beaucoup de moi. Pendant trois semaines, je la vis tous les jours et que ne me fit-elle pas ! Elle venait nous voir rarement et je ne le regrettais pas : dans notre maison elle se transformait en demoiselle, en princesse, et elle m'intimidait. J'avais peur de me trahir devant ma mère ; elle n'aimait pas du tout Zénaïde et nous surveillait sans aménité. Je n'avais pas aussi peur de mon père : il semblait ne pas me remarquer et parlait peu avec elle, mais il le faisait avec beaucoup d'esprit et de sérieux. J'avais cessé de travailler, de lire, j'avais même cessé de me promener dans les environs, de monter à cheval. Comme un hanneton attaché par la patte, je tournais constamment autour du pavillon bien-aimé ; ma mère ronchonnait, parfois Zénaïde elle-même me chassait. Alors je m'enfermais dans ma chambre ou bien m'en allais tout au fond du jardin, montais sur le mur en ruine d'une haute serre en pierre et, laissant pendre mes jambes du haut du mur qui surplombait la route, je restais là des heures entières à

сидел по часам и глядел, глядел, ничего не видя. Возле меня, по запыленной крапиве, лениво перепархивали белые бабочки; бойкий воробей садился недалеко на полусломанном красном кирпиче и раздражительно чирикал, беспрестанно поворачиваясь всем телом и распустив хвостик; всё еще недоверчивые вороны изредка каркали, сидя высоко, высоко на обнаженной макушке березы; солнце и ветер тихо играли в ее жидких ветках; звон колоколов Донского монастыря прилетал по временам, спокойный и унылый — а я сидел, глядел, слушал и наполнялся весь каким-то безыменным ощущением, в котором было всё: и грусть, и радость, и предчувствие будущего, и желание, и страх жизни. Но я тогда ничего этого не понимал и ничего бы не сумел назвать изо всего того, что во мне бродило, или бы назвал это всё одним именем — именем Зинаиды.

А Зинаида всё играла со мной, как кошка с мышью. Она то кокетничала со мной — и я волновался и таял, то она вдруг меня отталкивала — и я не смел приблизиться к ней, не смел взглянуть на нее.

Помнится, она несколько дней сряду была очень холодна со мною, я совсем заробел и, трусливо забегая к ним во флигель, старался держаться около старухи княгини, несмотря на то что она очень бранилась и кричала именно

8. Situé près de l'ancienne barrière de Kalouga et de l'ancien jardin Niéskoutchny, le monastère du Don a été fondé en 1592 par le tsar Théodore Ivanovitch sur le lieu même de la victoire remportée par Boris Godounov sur les Tatars. Il porte

regarder, regarder, sans rien voir. À côté de moi, sur les orties couvertes de poussière, des papillons blancs voletaient paresseusement ; un moineau alerte se posait non loin, sur une brique rouge à moitié cassée, et gazouillait d'un ton irrité, se tournant sans arrêt et déployant sa petite queue ; les corneilles encore méfiantes croassaient de temps à autre, posées haut, très haut, sur le sommet dénudé d'un bouleau ; le soleil et le vent jouaient doucement entre ses branches grêles ; le son des cloches du monastère du Don[8] arrivait par instants, tranquille et mélancolique, et moi, je restais assis à regarder, écouter et me remplir tout entier de je ne sais quelle sensation indicible, dans laquelle il y avait tout : tristesse, joie, pressentiment de l'avenir, désir et peur de la vie. Mais je ne comprenais rien alors de tout cela et n'aurais pu donner aucun nom à tout ce qui frémissait en moi, ou je lui aurais donné un seul nom, celui de Zénaïde.

Et Zénaïde continuait de jouer avec moi, comme un chat avec une souris. Tantôt elle faisait la coquette, et j'étais en émoi et fondais de délice, tantôt elle me repoussait soudain, et je n'osais pas m'approcher d'elle, je n'osais pas la regarder.

Je me souviens qu'elle fut plusieurs jours de suite très froide avec moi, je perdis tout courage et ne faisant que de peureuses apparitions dans leur pavillon, je m'efforçai de rester près de la vieille princesse bien que, juste à ce moment-là, elle

le nom de la Vierge du Don sous la protection de laquelle les Russes s'étaient alors placés.
Le monastère, désaffecté, est devenu un musée.

в это время: ее вексельные дела шли плохо, и она уже имела два объяснения с квартальным.

Однажды я проходил в саду мимо известного забора — и увидел Зинаиду: подпершись обеими руками, она сидела на траве и не шевелилась. Я хотел было осторожно удалиться, но она внезапно подняла голову и сделала мне повелительный знак. Я замер на месте: я не понял ее с первого раза. Она повторила свой знак. Я немедленно перескочил через забор и радостно подбежал к ней; но она остановила меня взглядом и указала мне на дорожку в двух шагах от нее. В смущении, не зная, что делать, я стал на колени на краю дорожки. Она до того была бледна, такая горькая печаль, такая глубокая усталость сказывалась в каждой ее черте, что сердце у меня сжалось, и я невольно пробормотал:

— Что с вами?

Зинаида протянула руку, сорвала какую-то травку, укусила ее и бросила ее прочь, подальше.

— Вы меня очень любите? — спросила она наконец. — Да?

Я ничего не отвечал — да и зачем мне было отвечать?

— Да, — повторила она, по-прежнему глядя на меня. — Это так. Такие же глаза, — прибавила она, задумалась и закрыла лицо руками. — Всё мне опротивело, — прошептала она, — ушла бы я на край света, не могу я это вынести, не могу сладить... И что ждет меня впереди!.. Ах, мне тяжело... Боже мой, как тяжело!

grondât et criât beaucoup : ses affaires de lettres de change marchaient mal et elle avait déjà eu deux explications avec le commissaire de police.

Un jour, je passais dans le jardin le long de la fameuse palissade et j'aperçus Zénaïde : appuyée sur les bras, elle était assise dans l'herbe et ne bougeait pas. Je voulus m'éloigner avec précaution, mais elle releva soudain la tête et me fit un signe impératif. Je me figeai sur place, je ne l'avais pas comprise du premier coup. Elle répéta son geste. Je sautai prestement par-dessus la palissade et accourus, plein de joie, vers elle ; mais elle m'arrêta du regard et m'indiqua le sentier à deux pas d'elle. Troublé, ne sachant que faire, je me mis à genoux au bord du sentier. Elle était si pâle, un chagrin si amer, une lassitude si profonde se montraient en chacun de ses traits que mon cœur se serra et que je balbutiai involontairement :

« Qu'avez-vous ? »

Zénaïde étendit la main, cueillit un brin d'herbe, le mordilla et le rejeta assez loin.

« Vous m'aimez beaucoup ? demanda-t-elle enfin. Oui ? »

Je ne répondis rien, et pourquoi lui aurais-je répondu ?

« Oui, répéta-t-elle, me regardant comme avant. C'est ainsi. Ce sont les mêmes yeux », ajouta-t-elle, soudain pensive, et elle se cacha le visage dans ses mains. « Tout me dégoûte, murmura-t-elle, je voudrais m'en aller au bout du monde, je ne peux pas supporter cela, je ne peux en venir à bout... Et que me réserve l'avenir !... Ah ! que j'ai de peine... mon Dieu, que j'ai de peine !

— Отчего? — спросил я робко.

Зинаида мне не отвечала и только пожала плечами. Я продолжал стоять на коленях и с глубоким унынием глядел на нее. Каждое ее слово так и врезалось мне в сердце. В это мгновение я, кажется, охотно бы отдал жизнь свою, лишь бы она не горевала. Я глядел на нее — и, все-таки не понимая, отчего ей было тяжело, живо воображал себе, как она вдруг, в припадке неудержимой печали, ушла в сад и упала на землю, как подкошенная. Кругом было и светло и зелено; ветер шелестил в листьях деревьев, изредка качая длинную ветку малины над головой Зинаиды. Где-то ворковали голуби — и пчелы жужжали, низко перелетывая по редкой траве. Сверху ласково синело небо — а мне было так грустно...

— Прочтите мне какие-нибудь стихи, — промолвила вполголоса Зинаида и оперлась на локоть. — Я люблю, когда вы стихи читаете. Вы поете, но это ничего, это молодо. Прочтите мне «На холмах Грузии». Только сядьте сперва.

Я сел и прочел «На холмах Грузии».

— «Что не любить оно не может», — повторила Зинаида. — Вот чем поэзия хороша : она говорит нам то, чего нет и что не только лучше того, что есть, но даже больше похоже на правду... Что не любить оно не может — и хотело бы, да не

9. Voici cette ravissante poésie de Pouchkine, écrite en 1829, pendant son voyage à Erzéroum :

Sur les collines de Géorgie repose l'obscurité de la nuit.
L'Aragva bruit à mes pieds.
J'ai le cœur triste et léger ; mon chagrin est clair,

— Pourquoi ? » demandai-je timidement.

Zénaïde ne me répondit pas et ne fit que hausser les épaules. Je continuais à me tenir à genoux et je la regardais avec une profonde mélancolie. Chacune de ses paroles s'était profondément enfoncée dans mon cœur. À cet instant, j'aurais, je crois, volontiers donné ma vie pour qu'elle n'eût pas de chagrin. Je la regardais et, sans comprendre pourtant pourquoi elle avait de la peine, je l'imaginais sortant soudain dans le jardin, dans un accès d'insurmontable chagrin, et tombant par terre, comme fauchée. Tout autour était clair et vert ; le vent bruissait dans les feuilles des arbres, balançant par moments une longue branche de framboisier au-dessus de la tête de Zénaïde. Quelque part, des pigeons roucoulaient et des abeilles bourdonnaient, volant bas sur l'herbe rare. Au-dessus de nous, le ciel était d'un bleu tendre, et moi, j'avais tant de tristesse...

« Récitez-moi des vers », dit Zénaïde à mi-voix et elle s'appuya sur un coude. « J'aime quand vous récitez des vers. Vous chantez, mais cela ne fait rien, c'est jeune. Récitez-moi *Sur les collines de Géorgie*[9]. Mais asseyez-vous d'abord. »

Je m'assis et récitai *Sur les collines de Géorgie.*

« " Car il ne peut pas ne pas aimer ", répéta-t-elle. Voici ce qu'a de bien la poésie : elle nous dit ce qui n'est pas et ce qui non seulement est mieux que ce

---

Mon chagrin est plein de toi,
De toi, seulement de toi... Rien ne tourmente,
Rien ne trouble ma mélancolie,
Et mon cœur à nouveau brûle et aime
Car il ne peut pas ne pas aimer.

может! — Она опять умолкла и вдруг встрепенулась и встала. — Пойдемте. У мамаши сидит Майданов; он мне принес свою поэму, а я его оставила. Он также огорчен теперь... что делать! Вы когда-нибудь узнаете... только не сердитесь на меня!

Зинаида торопливо пожала мне руку и побежала вперед. Мы вернулись во флигель. Майданов принялся читать нам своего только что отпечатанного «Убийцу», но я не слушал его. Он выкрикивал нараспев свои четырехстопные ямбы, рифмы чередовались и звенели, как бубенчики, пусто и громко, а я всё глядел на Зинаиду и всё старался понять значение ее последних слов.

Иль, может быть, соперник тайный
Тебя нежданно покорил? —

воскликнул вдруг в нос Майданов — и мои глаза и глаза Зинаиды встретились. Она опустила их и слегка покраснела. Я увидал, что она покраснела, и похолодел от испуга. Я уже прежде ревновал к ней, но только в это мгновение мысль о том, что она полюбила, сверкнула у меня в голове: « Боже мой! она полюбила!»

qui est, mais même ce qui ressemble davantage à la vérité... Car il ne peut pas ne pas aimer, il le voudrait, mais il ne le peut pas ! » Elle se tut à nouveau, sursauta soudain et se leva. « Allons. Maïdanov est chez maman ; il m'a apporté son poème et je l'ai abandonné. Il est chagriné lui aussi maintenant... que faire ! Vous saurez un jour... seulement ne vous fâchez pas contre moi ! »

Zénaïde me serra la main en hâte et partit en courant. Nous revînmes au pavillon. Maïdanov se mit à nous lire son *Assassin* qui venait juste d'être publié, mais je ne l'écoutai pas. Il criait les iambes de quatre pieds d'une voix traînante, les rimes se succédaient et tintaient comme des grelots, sonores et vides, et moi, je continuais à regarder Zénaïde et à m'efforcer de comprendre la signification de ses dernières paroles.

« *Ou bien, peut-être, un rival secret*
T'aurait soumise sans crier gare ? »

s'exclama soudain Maïdanov d'une voix nasillarde et mes yeux et ceux de Zénaïde se croisèrent. Elle abaissa les siens et rougit légèrement. Je la vis rougir et fus glacé d'effroi. J'avais déjà de la jalousie avant, mais c'est seulement à cet instant que la pensée qu'elle s'était mise à aimer passa dans mon esprit : « Mon Dieu ! elle s'est mise à aimer ! »

X

Настоящие мои терзания начались с того мгновения. Я ломал себе голову, раздумывал, передумывал — и неотступно, хотя по мере возможности скрытно, наблюдал за Зинаидой. В ней произошла перемена — это было очевидно. Она уходила гулять одна и гуляла долго. Иногда она гостям не показывалась; по целым часам сидела у себя в комнате. Прежде этого за ней не водилось. Я вдруг сделался — или мне показалось, что я сделался — чрезвычайно проницателен. «Не он ли? или уж не он ли?» — спрашивал я самого себя, тревожно перебегая мыслью от одного ее поклонника к другому. Граф Малевский (хоть я и стыдился за Зинаиду в этом сознаться) втайне казался мне опаснее других.

Моя наблюдательность не видала дальше своего носа, и моя скрытность, вероятно, никого не обманула; по крайней мере доктор Лушин скоро меня раскусил. Впрочем, и он изменился в последнее время: он похудел, смеялся так же часто, но как-то глуше, злее и короче — невольная, первическая раздражительность сменила в нем прежнюю легкую иронию и напущенный цинизм.

— Что вы это беспрестанно таскаетесь сюда, молодой человек, — сказал он мне однажды, оставшись со мною в гостиной Засекиных. (Княжна еще не возвращалась с прогулки, а

X

Mes véritables tortures commencèrent à partir de cet instant. Je me cassais la tête, réfléchissais, encore et toujours, et surveillais Zénaïde sans arrêt, bien qu'en cachette, dans la mesure du possible. Un changement s'était produit en elle, c'était évident. Elle partait se promener seule et elle se promenait longtemps. Parfois, elle ne se montrait pas aux visiteurs ; elle restait dans sa chambre pendant des heures entières. Cela ne lui arrivait pas auparavant. Je devins soudain, ou bien il me le sembla, extraordinairement perspicace. « Est-ce celui-ci ? ou bien celui-là ? » me demandais-je en passant avec angoisse de l'un à l'autre de ses admirateurs. Le comte Malievski (bien que j'eusse honte pour Zénaïde de me l'avouer) me semblait en secret plus dangereux que les autres.

Ma perspicacité n'allait pas plus loin que le bout de mon nez et ma dissimulation, sans doute, ne trompa personne ; en tout cas, le docteur Louchine eut tôt fait de me percer à jour. D'ailleurs, lui aussi avait changé depuis peu : il avait maigri, il riait aussi souvent, mais comme plus sourdement, méchamment et brièvement, une irritation nerveuse, involontaire avait remplacé en lui son ancienne ironie légère et son cynisme affecté.

« Qu'avez-vous à toujours traîner par ici, jeune homme ? », me dit-il un jour qu'il était resté avec moi dans le salon des Zassiékine. (Zénaïde n'était pas encore revenue de promenade et la voix criarde

крикливый голос княгини раздавался в мезонине: она бранилась со своей горничной.) — Вам бы надобно учиться, работать — пока вы молоды, — а вы что делаете?

— Вы не можете знать, работаю ли я дома, — возразил я ему не без надменности, но и не без замешательства.

— Какая уж тут работа! у вас не то на уме. Ну, я не спорю... в ваши годы это в порядке вещей. Да выбор-то ваш больно неудачен. Разве вы не видите, что это за дом?

— Я вас не понимаю, — заметил я.

— Не понимаете? Тем хуже для вас. Я считаю долгом предостеречь вас. Нашему брату, старому холостяку, можно сюда ходить: что нам делается? мы народ прокаленный, нас ничем не проберешь; а у вас кожица еще нежная; здесь для вас воздух вредный — поверьте мне, заразиться можете.

— Как так?

— Да так же. Разве вы здоровы теперь? Разве вы в нормальном положении? Разве то, что вы чувствуете, полезно вам, хорошо?

— Да что же я чувствую? — сказал я, а сам в душе сознавал, что доктор прав.

— Эх, молодой человек, молодой человек, — продолжал доктор с таким выражением, как будто в этих двух словах заключалось что-то для меня весьма обидное, — где вам хитрить,

de sa mère retentissait à l'entresol : elle se disputait avec sa femme de chambre). « Vous devriez étudier, travailler tant que vous êtes jeune, et que faites-vous ?

— Vous ne pouvez pas savoir si je travaille à la maison, lui répliquai-je non sans hauteur ni quelque embarras.

— De quel travail parlez-vous ! vous avez bien autre chose en tête. Bien, je ne discute pas... à votre âge, c'est dans l'ordre des choses. Mais votre choix est bien mauvais. Ne voyez-vous pas quelle sorte de maison c'est là ?

— Je ne vous comprends pas, remarquai-je.

— Vous ne comprenez pas ? Tant pis pour vous. Je considère de mon devoir de vous mettre en garde. Nous autres, vieux célibataires, nous pouvons fréquenter cette maison : qu'est-ce que cela peut nous faire ? Nous en avons vu d'autres, rien n'a de prise sur nous ; mais vous, vous avez encore la peau tendre ; ici, l'air est nuisible pour vous, croyez-moi, vous pouvez être infecté.

— Comment cela ?

— Mais comme ça. Direz-vous que vous êtes bien portant en ce moment, que vous êtes dans un état normal ? Direz-vous que ce que vous sentez vous est utile, bénéfique ?

— Mais qu'est-ce que je sens donc ? dis-je, tout en sachant au fond de mon cœur que le docteur avait raison.

— Ah ! jeune homme, jeune homme, continua le médecin avec une expression qui semblait dire que ces deux mots contenaient quelque chose de parfaitement offensant pour moi, comment pourriez-vous

ведь у вас еще, слава богу, что на душе, то и на лице. А впрочем, что толковать? Я бы и сам сюда не ходил, если б (доктор стиснул зубы)... если б я не был такой же чудак. Только вот чему я удивляюсь: как вы, с вашим умом, не видите, что делается вокруг вас?

— А что же такое делается? — подхватил я и весь насторожился.

Доктор посмотрел на меня с каким-то насмешливым сожалением.

— Хорош же и я, — промолвил он, словно про себя, — очень нужно это ему говорить. Одним словом, — прибавил он, возвысив голос, — повторяю вам: здешняя атмосфера вам не годится. Вам здесь приятно, да мало чего нет? И в оранжерее тоже приятно пахнет — да жить в ней нельзя. Эй! послушайтесь, возьмитесь опять за Кайданова!

Княгиня вошла и начала жаловаться доктору на зубную боль. Потом явилась Зинаида.

— Вот, — прибавила княгиня, — господин доктор, побраните-ка ее. Целый день пьет воду со льдом; разве ей это здорово, при ее слабой груди?

— Зачем вы это делаете? — спросил Лушин.

— А что из этого может выйти?

— Что? вы можете простудиться и умереть.

— В самом деле? Неужели? Ну что ж — туда и дорога!

— Вот как! — проворчал доктор.

Княгиня ушла.

feindre, vous avez encore, Dieu merci, le cœur peint sur le visage. D'ailleurs, à quoi bon raisonner ? Moi-même, je ne viendrais pas ici (le médecin serra les dents)... si je n'étais pas aussi fou. Mais voici ce qui m'étonne : comment, avec votre intelligence, ne voyez-vous pas ce qui se passe autour de vous ?

— Et que se passe-t-il donc ? » repris-je, toute mon attention soudain tendue.

Le médecin me regarda avec une sorte de pitié ironique.

« Bien fait pour moi, dit-il comme pour lui-même, c'est bien la peine de le lui dire. Bref, ajouta-t-il, en haussant le ton, je vous le répète : l'atmosphère de cette maison ne vous convient pas. Vous vous y plaisez, que n'y trouvez-vous pas ? Dans une serre aussi cela sent bon, mais on ne peut pas y vivre. Ah ! écoutez-moi, retournez à Kaïdanov ! »

La vieille princesse entra et se mit à se plaindre au médecin d'un mal de dent. Puis Zénaïde apparut.

« Et puis, ajouta sa mère, monsieur le docteur, grondez-la donc un peu. Toute la journée elle boit de l'eau avec de la glace ; est-ce bon pour sa santé, avec sa faiblesse de poitrine ?

— Pourquoi faites-vous cela ? demanda Louchine.

— Mais que peut-il en résulter ?

— Quoi ? Vous pouvez prendre froid et mourir.

— Vraiment ? Vous en êtes sûr ? Qu'y faire, c'est notre destin !

— Tiens donc ! » grommela le médecin.

La vieille princesse partit.

— Вот как, — повторила Зинаида. — Разве жить так весело? Оглянитесь-ка кругом... Что — хорошо? Или вы думаете, что я этого не понимаю, не чувствую? Мне доставляет удовольствие — пить воду со льдом, и вы серьезно можете уверять меня, что такая жизнь стоит того, чтоб не рискнуть ею за миг удовольствия, — я уже о счастии не говорю.

— Ну да, — заметил Лушин, — каприз и независимость... Эти два слова вас исчерпывают: вся ваша натура в этих двух словах.

Зинаида нервически засмеялась.

— Опоздали почтой, любезный доктор. Наблюдаете плохо; отстаете. Наденьте очки. Не до капризов мне теперь; вас дурачить, себя дурачить... куда как весело! — А что до независимости... Мсьё Вольдемар, — прибавила вдруг Зинаида и топнула ножкой, — не делайте меланхолической физиономии. Я терпеть не могу, когда обо мне сожалеют. — Она быстро удалилась.

— Вредна, вредна вам здешняя атмосфера, молодой человек, — еще раз сказал мне Лушин.

XI

Вечером того же дня собрались у Засекиных обычные гости; я был в их числе.

Разговор зашел о поэме Майданова; Зинаида чистосердечно ее хвалила.

« Oui, c'est comme ça, reprit Zénaïde. La vie est-elle donc si gaie ? Mais regardez autour de vous... Vous croyez que c'est bien ? Ou vous pensez peut-être que je ne comprends pas cela, que je ne le sens pas ? Cela me fait plaisir de boire de l'eau avec de la glace et vous pouvez sérieusement m'assurer qu'une telle vie vaut qu'on ne la risque pas pour un instant de plaisir, je ne parle même pas de bonheur.

— Oui, oui, remarqua Louchine, caprice et indépendance... Ces deux mots vous dépeignent toute : toute votre nature est dans ces deux mots. »

Zénaïde eut un rire nerveux.

« Vous retardez, cher docteur. Vous êtes mauvais observateur ; vous retardez. Mettez vos lunettes. Je n'ai pas l'humeur aux caprices maintenant ; vous faire tourner en bourrique, me faire tourner en bourrique... quel agrément ! En ce qui concerne l'indépendance... Monsieur Voldemar, ajouta soudain Zénaïde en tapant du pied, ne faites pas une tête mélancolique. Je ne peux supporter quand on me plaint. » Elle s'éloigna rapidement.

« L'atmosphère de cette maison est nuisible pour vous, très nuisible, jeune homme », dit Louchine encore une fois.

XI

Le soir de ce même jour, les hôtes habituels se réunirent chez les Zassiékine ; j'étais de leur nombre.

La conversation tomba sur le poème de Maïdanov ; Zénaïde le loua sincèrement.

— Но знаете ли что? — сказала она ему, — если б я была поэтом, я бы другие брала сюжеты. Может быть, всё это вздор, но мне иногда приходят в голову странные мысли, особенно когда я не сплю, перед утром, когда небо начинает становиться и розовым и серым. Я бы, например... Вы не будете надо мной смеяться?

— Нет! нет! — воскликнули мы все в один голос.

— Я бы представила, — продолжала она, скрестив руки на груди и устремив глаза в сторону, — целое общество молодых девушек, ночью, в большой лодке — на тихой реке. Луна светит, а они все в белом и в венках из белых цветов, и поют, знаете, что-нибудь вроде гимна.

— Понимаю, понимаю, продолжайте, — значительно и мечтательно промолвил Майданов.

— Вдруг — шум, хохот, факелы, бубны на берегу... Это толпа вакханок бежит с песнями, с криком. Уж тут ваше дело нарисовать картину, господин поэт... только я бы хотела, чтобы факелы были красны и очень бы дымились и чтобы глаза у вакханок блестели под венками, а венки должны быть темные. Не забудьте также тигровых кож и чаш — и золота, много золота.

— Где же должно быть золото? — спросил Майданов, откидывая назад свои плоские волосы и расширяя ноздри.

— Где? На плечах, на руках, на ногах, везде. Говорят, в древности женщины золотые кольца носили на щиколотках. Вакханки зовут

« Mais savez-vous ? lui dit-elle, si j'étais poète, je choisirais d'autres sujets. Peut-être tout cela n'est-il que sottises, mais parfois il me vient d'étranges pensées, surtout quand je ne dors pas, avant le matin, quand le ciel commence à devenir rose et gris. Je montrerais, par exemple... Vous ne vous moquerez pas de moi ?

— Non ! non ! criâmes-nous tous en chœur.

— Je montrerais, continua-t-elle, les bras croisés sur la poitrine et les yeux fixés de côté, toute une société de jeunes filles, la nuit, dans une grande barque, sur une rivière paisible. La lune brille, elles sont tout habillées de blanc et portent des couronnes de fleurs blanches et elles chantent, vous savez, quelque chose du genre d'un hymne.

— Je comprends, je comprends, continuez, dit Maïdanov d'un air pénétré et rêveur.

— Soudain, du bruit, des rires, des torches, des tambourins sur la rive... C'est une troupe de bacchantes qui court avec des chansons, avec des cris. Cela, c'est votre affaire de peindre la scène, monsieur le poète... seulement je voudrais que les torches soient rouges et qu'elles fument beaucoup et que les yeux des bacchantes brillent sous les couronnes, couronnes qui doivent être sombres. N'oubliez pas non plus les peaux de tigres et les coupes, et de l'or, beaucoup d'or.

— Où donc doit se trouver l'or ? demanda Maïdanov, en rejetant en arrière ses cheveux plats et en dilatant les narines.

— Où ? Sur les épaules, les bras, les jambes, partout. On dit que dans l'Antiquité, les femmes portaient des anneaux d'or aux chevilles. Les

к себе девушек в лодке. Девушки перестали петь свой гимн — они не могут его продолжать, — но они не шевелятся: река подносит их к берегу. И вот вдруг одна из них тихо поднимается... Это надо хорошо описать: как она тихо встает при лунном свете и как ее подруги пугаются... Она перешагнула край лодки, вакханки ее окружили, умчали в ночь, в темноту... Представьте тут дым клубами, и всё смешалось. Только слышится их визг, да венок ее остался на берегу.

Зинаида умолкла. («О! она полюбила!» — подумал я опять.)

— И только? — спросил Майданов.

— Только, — отвечала она.

— Это не может быть сюжетом для целой поэмы, — важно заметил он, — но для лирического стихотворения я вашей мыслию воспользуюсь.

— В романтическом роде? — спросил Малевский.

— Конечно, в романтическом роде, байроновском.

— А по-моему, Гюго лучше Байрона, — небрежно промолвил молодой граф, — интереснее.

— Гюго — писатель первоклассный, — возразил Майданов, — и мой приятель Тонкошеев, в своем испанском романе «Эль-Тровадор»...

10. Ce nom signifie « au cou mince ». C'est la déformation plaisante de Tonkotchéiev, l'auteur d'une œuvre, *El Trovador ou Vengeance pour vengeance. Histoire vécue espagnole de 1826*, publiée dans *Le Télégraphe de Moscou* en 1833. L'auteur y employait effectivement les signes de ponctuation espagnols,

bacchantes invitent les jeunes filles de la barque. Celles-ci ont cessé de chanter leur hymne, elles ne peuvent le continuer, mais elles ne bougent pas : la rivière les pousse vers la rive. Et voici que soudain l'une d'entre elles se lève doucement... Il faut décrire cela très bien : comme elle se lève doucement au clair de la lune et comme ses compagnes s'effraient... Elle enjambe le bord de la barque, les bacchantes l'entourent, l'entraînent dans la nuit, dans l'obscurité... Représentez ici les nuages de fumée, puis tout devient confus. On n'entend que leurs hurlements, et puis on voit la couronne de la jeune fille qui est restée sur la rive. »

Zénaïde se tut. (« Oh ! elle s'est mise à aimer ! » pensai-je à nouveau.)

« Et c'est tout ? demanda Maïdanov.

— C'est tout, répondit-elle.

— Cela ne peut pas faire le sujet d'un poème entier, remarqua-t-il d'un ton important, mais j'utiliserai votre idée pour une poésie lyrique.

— Dans le genre romantique ? demanda Malievski.

— Évidemment, dans le genre romantique, byronien.

— À mon avis, Hugo vaut mieux que Byron, dit négligemment le jeune comte, il est plus intéressant.

— Hugo est un excellent écrivain, répliqua Maïdanov, et mon ami Tonkochéiev[10], dans son roman espagnol *El Trovador*...

points d'exclamation et d'interrogation inversés (voir M. P. Alexéiev, *Essais sur l'histoire des relations littéraires hispano-russes du XVIe au XIXe siècle*, Éd. de l'Université de Leningrad, 1964, p. 184-185).

— Ах, это та книга с опрокинутыми вопросительными знаками? — перебила Зинаида.

— Да. Это так принято у испанцев. Я хотел сказать, что Тонкошеев...

— Ну, вы опять заспорите о классицизме и романтизме, — вторично перебила его Зинаида. — Давайте лучше играть...

— В фанты? — подхватил Лушин.

— Нет, в фанты скучно; а в сравненья. (Эту игру придумала сама Зинаида: назывался какой-нибудь предмет, всякий старался сравнить его с чем-нибудь, и тот, кто подбирал лучшее сравнение, получал приз.)

Она подошла к окну. Солнце только что село: на небе высоко стояли длинные красные облака.

— На что похожи эти облака? — спросила Зинаида и, не дожидаясь нашего ответа, сказала: — Я нахожу, что они похожи на те пурпуровые паруса, которые были на золотом корабле у Клеопатры, когда она ехала навстречу Антонию. Помните, Майданов, вы недавно мне об этом рассказывали?

Все мы, как Полоний в «Гамлете», решили, что облака напоминали именно эти паруса и что лучшего сравнения никто из нас не приищет.

— А сколько лет было тогда Антонию? — спросила Зинаида.

— Уж, наверное, был молодой человек, — заметил Малевский.

— Да, молодой, — уверительно подтвердил Майданов.

— Ah ! c'est ce livre avec des points d'exclamation renversés ? l'interrompit Zénaïde.

— Oui. C'est l'usage chez les Espagnols. Je voulais dire que Tonkochéiev...

— Oh, vous allez encore discuter du classicisme et du romantisme, l'interrompit à nouveau Zénaïde. Jouons plutôt...

— Aux gages ? reprit Louchine.

— Non, aux gages, c'est ennuyeux ; aux comparaisons. » (C'est Zénaïde qui avait inventé ce jeu : on choisissait un objet quelconque, chacun s'efforçait de le comparer à quelque chose et celui qui avait trouvé la meilleure comparaison recevait un prix.)

Elle s'approcha de la fenêtre. Le soleil venait juste de se coucher : de longs nuages rouges se tenaient haut dans le ciel.

« À quoi ressemblent ces nuages ? » demanda Zénaïde et, sans attendre notre réponse, elle dit : « Je trouve qu'ils ressemblent aux voiles pourpres qui étaient sur le vaisseau d'or de Cléopâtre quand elle allait à la rencontre d'Antoine. Vous vous souvenez, Maïdanov, vous me l'avez raconté il n'y a pas longtemps ? »

Tous, comme Polonius dans *Hamlet*, nous décidâmes que les nuages rappelaient justement ces voiles et qu'aucun d'entre nous ne pourrait trouver une meilleure comparaison.

« Et quel âge avait Antoine à ce moment-là ? demanda Zénaïde.

— C'était sûrement encore un jeune homme, remarqua Malievski.

— Oui, il était jeune, confirma Maïdanov.

— Извините, — воскликнул Лушин, — ему было за сорок лет.

— За сорок лет, — повторила Зинаида, взглянув на него быстрым взглядом.

Я скоро ушел домой. «Она полюбила, — невольно шептали мой губы. — Но кого?»

XII

Дни проходили. Зинаида становилась всё странней, всё непонятней. Однажды я вошел к ней и увидел ее сидящей на соломенном стуле, с головой, прижатой к острому краю стола. Она выпрямилась... всё лицо ее было облито слезами.

— А! вы! — сказала она с жестокой усмешкой. — Подите-ка сюда.

Я подошел к ней: она положила мне руку на голову и, внезапно ухватив меня за волосы, начала крутить их.

— Больно... — проговорил я наконец.

— А! больно! а мне не больно? не больно? — повторила она.

— Ай! — вскрикнула она вдруг, увидав, что выдернула у меня маленькую прядь волос. — Что это я сделала? Бедный мсьё Вольдемар!

Она осторожно расправила вырванные волосы, обмотала их вокруг пальца и свернула их в колечко.

— Я ваши волосы к себе в медальон положу и носить их буду, — сказала она, а у самой на

— Pardon, s'écria Louchine, il avait plus de quarante ans.

— Plus de quarante ans », répéta Zénaïde, en lui jetant un coup d'œil rapide.

Je rentrai bientôt à la maison. « Elle s'est mise à aimer », murmuraient involontairement mes lèvres. « Mais qui ? »

XII

Les jours passaient. Zénaïde devenait de plus en plus étrange, de plus en plus incompréhensible. Un jour j'entrai chez elle et la vis assise sur une chaise de paille, la tête appuyée contre l'arête de la table. Elle se redressa... tout son visage était baigné de larmes.

« Ah ! c'est vous ! dit-elle avec un petit sourire cruel. Venez un peu ici. »

Je m'approchai d'elle : elle posa une main sur ma tête et, me saisissant soudain par les cheveux, elle se mit à me les tordre.

« Ça fait mal..., dis-je enfin.

— Ah ! Ça vous fait mal ! Et moi, je n'ai pas mal ? je n'ai pas mal ? » répéta-t-elle.

« Aïe ! s'écria-t-elle soudain, en voyant qu'elle m'avait arraché une petite touffe de cheveux. Qu'ai-je fait ? Pauvre monsieur Voldemar ! »

Elle lissa soigneusement les cheveux qu'elle avait arrachés, les enroula autour de son doigt et en fit un anneau.

« Je mettrai vos cheveux dans un médaillon et je les porterai, dit-elle tandis que des larmes brillaient

глазах всё блестели слезы. — Это вас, быть может, утешит немного... а теперь прощайте.

Я вернулся домой и застал там неприятность. У матушки происходило объяснение с отцом: она в чем-то упрекала его, а он, по своему обыкновению, холодно и вежливо отмалчивался — и скоро уехал. Я не мог слышать, о чем говорила матушка, да и мне было не до того; помню только, что по окончании объяснения она велела позвать меня к себе в кабинет и с большим неудовольствием отозвалась о моих частых посещениях у княгини, которая, по ее словам, была une femme capable de tout. Я подошел к ней к ручке (это я делал всегда, когда хотел прекратить разговор) и ушел к себе. Слезы Зинаиды меня совершенно сбили с толку; я решительно не знал, на какой мысли остановиться, и сам готов был плакать: я все-таки был ребенком, несмотря на мои шестнадцать лет. Уже я не думал более о Малевском, хотя Беловзоров с каждым днем становился всё грознее и грознее и глядел на увертливого графа, как волк на барана; да я ни о чем и ни о ком не думал. Я терялся в соображениях и всё искал уединенных мест. Особенно полюбил я развалины оранжереи. Взберусь, бывало, на высокую стену, сяду и сижу там таким несчастным, одиноким и грустным юношей, что мне самому становится себя жалко, — и так мне были отрадны эти горестные ощущения, так упивался я ими!..

Вот однажды сижу я на стене, гляжу вдаль и слушаю колокольный звон... Вдруг что-то про-

toujours dans ses yeux. Cela vous consolera peut-être un peu... et maintenant adieu. »

Je rentrai à la maison et tombai sur une scène désagréable. Ma mère avait une explication avec mon père : elle lui reprochait quelque chose et lui, suivant son habitude, gardait un silence froid et courtois ; il s'en alla bientôt. Je ne pouvais entendre ce que disait ma mère, et d'ailleurs je pensais à autre chose ; je me souviens seulement qu'après cette explication, elle me fit appeler dans son bureau et montra un grand mécontentement de mes fréquentes visites chez la vieille princesse, qui, suivant ses paroles, était *une femme capable de tout*. J'allai lui baiser la main (ce que je faisais toujours quand je voulais mettre un terme à la conversation) et montai dans ma chambre. Les larmes de Zénaïde m'avaient tout à fait déconcerté ; je ne savais plus du tout que penser et j'étais moi-même prêt à pleurer ; j'étais quand même un enfant, malgré mes seize ans. Je ne pensais plus à Malievski, bien que Biélovzorov devînt chaque jour de plus en plus menaçant et regardât l'habile comte comme un loup regarde un agneau ; je ne pensais à rien ni à personne. Je me perdais en conjectures et ne faisais que rechercher des endroits solitaires. Je me mis particulièrement à aimer les ruines de la serre. Je grimpais sur le grand mur, je m'y asseyais et y restais si malheureux, solitaire et triste que j'avais pitié de moi-même, et comme ces sensations navrantes m'étaient une joie, comme je m'en délectais !

Un jour, comme j'étais assis sur le mur, que je regardais au loin et que j'écoutais le son des cloches,

бежало по мне — ветерок не ветерок и не дрожь, а словно дуновение, словно ощущение чьей-то близости... Я опустил глаза. Внизу, по дороге, в легком сереньком платье, с розовым зонтиком на плече, поспешно шла Зинаида. Она увидела меня, остановилась и, откинув край соломенной шляпы, подняла на меня свои бархатные глаза.

— Что это вы делаете там, на такой вышине? — спросила она меня с какой-то странной улыбкой. — Вот, — продолжала она, — вы всё уверяете, что вы меня любите, — спрыгните ко мне на дорогу, если вы действительно любите меня.

Не успела Зинаида произнести эти слова, как я уже летел вниз, точно кто подтолкнул меня сзади. В стене было около двух сажен вышины. Я пришелся о землю ногами, но толчок был так силен, что я не мог удержаться; я упал и на мгновение лишился сознанья. Когда я пришел в себя, я, не раскрывая глаз, почувствовал возле себя Зинаиду.

— Милый мой мальчик, — говорила она, наклонясь надо мною, и в голосе ее звучала встревоженная нежонсть, — как мог ты это сделать, как мог ты послушаться... Ведь я люблю тебя... встань.

Ее грудь дышала возле моей, ее руки прикасались моей головы, и вдруг — что сталось со мной тогда! — ее мягкие, свежие губы начали покрывать всё мое лицо поцелуями... они коснулись моих губ... Но тут Зинаида, вероятно, догадалась, по выражению моего лица, что я

je sentis soudain passer sur moi comme une brise ou un frémissement, ou plutôt un souffle, comme la sensation que quelqu'un était tout proche... J'abaissai les yeux. En bas, sur la route, Zénaïde marchait à pas vifs, elle avait une robe légère toute grise et portait une ombrelle rose sur l'épaule. Elle me vit, s'arrêta et, repoussant le bord de son chapeau de paille, elle leva vers moi ses yeux de velours.

« Que faites-vous donc là, à une telle hauteur ? me demanda-t-elle avec un étrange sourire. Tenez, poursuivit-elle, vous assurez toujours que vous m'aimez, sautez vers moi sur la route, si vous m'aimez vraiment. »

Zénaïde n'eut pas le temps de prononcer ces mots que je volais déjà en bas comme si quelqu'un m'avait poussé par-derrière. Le mur avait environ deux sagènes[11] de hauteur. Je tombai par terre les pieds en avant, mais le choc fut si fort que je ne pus me tenir debout : je tombai et perdis connaissance un instant. Quand je revins à moi, je sentis, sans ouvrir les yeux, Zénaïde près de moi.

« Mon cher petit, disait-elle, penchée sur moi et une tendresse inquiète résonnait dans sa voix, comment as-tu pu faire cela, comment as-tu pu m'obéir... Je t'aime, je t'assure... lève-toi. »

Sa poitrine respirait près de la mienne, ses mains touchaient ma tête et soudain, que devins-je alors ! ses lèvres douces, fraîches se mirent à couvrir tout mon visage de baisers... Elles touchèrent mes lèvres... Mais, à ce moment-là, Zénaïde dut deviner, à l'expression de mon visage, que j'étais déjà

11. Une sagène représentait 2,13 m.

уже пришел в себя, хотя я всё глаз не раскрывал, — и, быстро приподнявшись, промолвила:

— Ну вставайте, шалун, безумный, что это вы лежите в пыли?

Я поднялся.

— Подайте мне мой зонтик, — сказала Зинаида, — вишь, я его куда бросила; да не смотрите на меня так... что за глупости? Вы не ушиблись? чай, обожглись в крапиве? Говорят вам, не смотрите на меня... Да он ничего не понимает, не отвечает, — прибавила она, словно про себя. — Ступайте домой, мсьё Вольдемар, почиститесь, да не смейте идти за мной — а то я рассержусь, и уже больше никогда...

Она не договорила своей речи и проворно удалилась, а я присел на дорогу... ноги меня не держали. Крапива обожгла мне руки, спина ныла, и голова кружилась; но чувство блаженства, которое я испытал тогда, уже не повторилось в моей жизни. Оно стояло сладкой болью во всех моих членах и разрешилось наконец восторженными прыжками и восклицаниями. Точно: я был еще ребенок.

XIII

Я так был весел и горд весь этот день, я так живо сохранял на моем лице ощущение Зинаидиных поцелуев, я с таким содроганием восторга

revenu à moi bien que je tinsse toujours les yeux fermés, et, se relevant rapidement, elle dit :

« Eh bien, levez-vous, polisson, insensé ; qu'avez-vous à rester dans la poussière ? »

Je me levai.

« Donnez-moi mon ombrelle, dit Zénaïde, je ne sais où je l'ai jetée ; et puis ne me regardez pas comme cela... quelles sont ces sottises ? Vous ne vous êtes pas fait mal ? vous vous êtes peut-être piqué aux orties ? Ne me regardez pas, vous dit-on... Mais il ne comprend rien, il ne répond pas, ajouta-t-elle, comme pour elle-même. Allez à la maison, M. Voldemar, nettoyez-vous et n'ayez pas l'audace de me suivre, sinon je me fâcherai, et jamais plus... »

Elle n'acheva pas et s'éloigna lestement ; moi, je m'assis sur la route... mes jambes ne me soutenaient pas. Les orties m'avaient piqué les mains, le dos me faisait mal et la tête me tournait ; mais le sentiment de béatitude que je ressentis alors ne se répéta plus de toute ma vie. Il était comme une douleur douce qui se tenait dans tous mes membres et il finit par s'exprimer en des gambades et des exclamations enthousiastes. C'est exact : j'étais encore un enfant.

XIII

Je fus si joyeux et fier toute cette journée, je conservai si vive sur mon visage la sensation des baisers de Zénaïde, je me souvins avec un tel fré-

вспоминал каждое ее слово, я так лелеял свое неожиданное счастие, что мне становилось даже страшно, не хотелось даже увидеть ее, виновницу этих новых ощущений. Мне казалось, что уже больше ничего нельзя требовать от судьбы, что теперь бы следовало «взять, вздохнуть хорошенько в последний раз, да и умереть». Зато на следующий день, отправляясь во флигель, я чувствовал большое смущение, которое напрасно старался скрыть под личиною скромной развязности, приличной человеку, желающему дать знать, что он умеет сохранить тайну. Зинаида приняла меня очень просто, без всякого волнения, только погрозила мне пальцем и спросила: нет ли у меня синих пятен? Вся моя скромная развязность и таинственность исчезли мгновенно, а вместе с ними и смущение мое. Конечно, я ничего не ожидал особенного, но спокойствие Зинаиды меня точно холодной водой окатило. Я понял, что я дитя в ее глазах, — и мне стало очень тяжело! Зинаида ходила взад и вперед по комнате, всякий раз быстро улыбалась, как только взглядывала на меня; но мысли ее были далеко, я это ясно видел... «Заговорить самому о вчерашнем деле, — подумал я, — спросить ее, куда она так спешила, чтобы узнать окончательно...», но я только махнул рукой и присел в уголок.

Беловзоров вошел; я ему обрадовался.

— Не нашел я вам верховой лошади, смирной, — заговорил он суровым голосом, — Фрейтаг мне ручается за одну — да я не уверен. Боюсь.

missement d'enthousiasme de chacune de ses paroles, je caressai tellement mon bonheur inattendu que j'eus même peur, que je n'eus même plus envie de la voir, elle, la responsable de ces nouvelles sensations. Il me semblait qu'il ne fallait plus rien demander au destin, qu'il aurait fallu maintenant « respirer un bon coup une dernière fois et puis mourir ». En revanche, le lendemain, en me rendant au pavillon, je ressentais un grand trouble, que je m'efforçais en vain de cacher sous le masque de la désinvolture modeste qui convient à un homme désirant faire savoir qu'il sait garder un secret. Zénaïde me reçut très simplement, sans aucun émoi, elle se contenta de me menacer du doigt et de me demander si j'avais des bleus. Toute ma désinvolture modeste et tous mes airs mystérieux disparurent sur-le-champ, et mon trouble avec eux. Évidemment, je n'attendais rien de particulier, mais le calme de Zénaïde me fit l'effet d'une douche froide. Je compris qu'à ses yeux, j'étais un enfant et cela me fit beaucoup de peine ! Zénaïde marchait de long en large dans la pièce et souriait rapidement chaque fois qu'elle me regardait ; mais ses pensées étaient loin, je le voyais bien... « Il faudrait parler moi-même d'hier, pensai-je, lui demander où elle allait à pas si vifs, pour savoir à coup sûr... », mais j'y renonçai et allai m'asseoir dans un coin.

Biélovzorov entra ; je m'en réjouis.

« Je ne vous ai pas trouvé de cheval de selle qui soit tranquille, dit-il d'une voix sévère, Freitag m'en garantit un, mais je n'ai pas confiance, j'ai peur.

— Чего же вы боитесь, — спросила Зинаида, — позвольте спросить?

— Чего? Ведь вы не умеете ездить. Сохрани Бог, что случится! И что за фантазия пришла вам вдруг в голову?

— Ну, это мое дело, мсьё мой зверь. В таком случае я попрошу Петра Васильевича... (Моего отца звали Петром Васильевичем. Я удивился тому, что она так легко и свободно упомянула его имя, точно она была уверена в его готовности услужить ей.)

— Вот как, — возразил Беловзоров. — Вы это с ним хотите ездить?

— С ним или с другим — это для вас всё равно. Только не с вами.

— Не со мной, — повторил Беловзоров. — Как хотите. Что ж? Я вам лошадь доставлю.

— Да только смотрите, не корову какую-нибудь. Я вас предуведомляю, что я хочу скакать.

— Скачите, пожалуй... С кем же это, с Малевским, что ли, вы поедете?

— А почему бы и не с ним, воин? Ну, успокойтесь, — прибавила она, — и не сверкайте глазами. Я и вас возьму. Вы знаете, что для меня теперь Малевский — фи! — Она тряхнула головой.

— Вы это говорите, чтобы меня утешить, — проворчал Беловзоров.

Зинаида прищурилась.

— Это вас утешает?.. О... о... о... воин! — сказала она наконец, как бы не найдя другого

— Et de quoi avez-vous peur ? demanda Zénaïde. Permettez-moi de vous le demander.

— De quoi ? Mais vous ne savez pas monter. Que Dieu nous garde de ce qui peut arriver ! Et quelle est cette fantaisie qui vous est soudain passée par la tête ?

— Cela, c'est mon affaire, monsieur ma bête. Dans ce cas, je demanderai à Pierre Vassiliévitch... (C'est ainsi que s'appelait mon père. Je fus étonné qu'elle l'ait nommé si facilement et avec tant d'aisance, comme si elle avait été sûre qu'il était prêt à lui rendre service.)

— Tiens donc, répliqua Biélovzorov. C'est donc avec lui que vous voulez monter ?

— Avec lui ou avec un autre, qu'est-ce que cela peut vous faire ? Seulement pas avec vous.

— Pas avec moi, répéta Biélovzorov. À votre aise. Qu'y faire ? Je vous procurerai un cheval.

— Seulement faites attention, pas un veau. Je vous préviens que je veux galoper.

— Galopez, pourquoi pas... Avec qui donc irez-vous, avec Malievski, peut-être ?

— Et pourquoi pas avec lui, brave guerrier ? Allons, calmez-vous, ajouta-t-elle, et ne lancez pas d'éclairs avec vos yeux. Je vous prendrai aussi. Vous savez que Malievski, pour moi maintenant, fi ! » Elle secoua la tête.

« Vous dites cela pour me consoler », grommela Biélovzorov.

Zénaïde ferma à demi les yeux.

« Cela vous console ?... Oh !... brave guerrier ! dit-elle enfin, comme si elle ne pouvait trouver un

слова. — А вы, мсьё Вольдемар, поехали ли бы вы с нами?

— Я не люблю... в большом обществе... — пробормотал я, не поднимая глаз.

— Вы предпочитаете tête-à-tête?.. Ну, вольному воля, спасенному... рай, — промолвила она вздохнувши. — Ступайте же, Беловзоров, хлопочите. Мне лошадь нужна к завтрашнему дню.

— Да; а деньги откуда взять? — вмешалась княгиня.

Зинаида наморщила брови.

— Я у вас их не прошу; Беловзоров мне поверит.

— Поверит, поверит... — проворчала княгиня — и вдруг во всё горло закричала: — Дуняшка!

— Maman, я вам подарила колокольчик, — заметила княжна.

— Дуняшка! — повторила старуха.

Беловзоров откланялся; я ушел вместе с ним. Зинаида меня не удерживала.

XIV

На следующее утро я встал рано, вырезал себе палку и отправился за заставу. Пойду, мол, размыкаю свое горе. День был прекрасный, светлый и не слишком жаркий; веселый, свежий ветер гулял над землею и в меру шумел и играл, всё шевеля и ничего не тревожа. Я долго бродил по горам, по лесам; я не чувствовал себя счастли-

autre mot. Et vous, M. Voldemar, vous viendriez avec nous ?

— Je n'aime pas... en nombreuse compagnie... murmurai-je sans lever les yeux.

— Vous préférez le *tête-à-tête* ?... Eh bien, à chacun ses goûts, dit-elle en soupirant. Allez, Biélovzorov, débrouillez-vous. J'ai besoin d'un cheval pour demain.

— Oui ; et où prendre l'argent ? » dit la vieille princesse en s'en mêlant.

Zénaïde fronça les sourcils.

« Je ne vous en demande pas ; Biélovzorov me fera crédit.

— Fera crédit, fera crédit... », grommela sa mère, et soudain, elle cria à pleine gorge : « Douniachka !

— *Maman*, je vous ai donné une sonnette, remarqua Zénaïde.

— Douniachka ! » répéta sa mère.

Biélovzorov prit congé ; je partis avec lui. Zénaïde ne me retint pas.

XIV

Le lendemain matin, je me levai tôt, me taillai un bâton et me dirigeai au-delà de la barrière. « Je vais aller dissiper mon chagrin », pensai-je. Le jour était splendide, clair et pas trop chaud ; un vent joyeux, frais errait au-dessus de la terre, bruissait et folâtrait doucement, agitant tout et ne dérangeant rien. J'errai longtemps parmi les collines, parmi les forêts ; je ne me sentais pas heureux,

вым, я вышел из дому с намерением предаться унынию, но молодость, прекрасная погода, свежий воздух, потеха быстрой ходьбы, нега уединенного лежания на густой траве — взяли свое: воспоминание о тех незабвенных словах, о тех поцелуях опять втеснилось мне в душу. Мне приятно было думать, что Зинаида не может, однако, не отдать справедливости моей решимости, моему героизму... «Другие для нее лучше меня, — думал я, — пускай! Зато другие только скажут, что сделают, а я сделал! И то ли я в состоянии еще сделать для нее!..» Воображение мое заиграло. Я начал представлять себе, как я буду спасать ее из рук неприятелей, как я, весь облитый кровью, исторгну ее из темницы, как умру у ее ног. Я вспомнил картину, висевшую у нас в гостиной: Малек-Аделя, уносящего Матильду, — и тут же занялся появлением большого пестрого дятла, который хлопотливо поднимался по тонкому стволу березы и с беспокойством выглядывал из-за нее, то направо, то налево, точно музыкант из-за шейки контрабаса.

Потом я запел: «Не белы снеги» и свел на известный в то время романс: «Я жду тебя, когда зефир игривый»; потом я начал громко читать обращение Ермака к звездам из тра-

12. Malek-Adel est le héros du plus célèbre roman de Mme Cottin, *Mathilde* (1805), qui connut une extrême popularité en Russie. Dans *Eugène Onéguine*, Pouchkine en fait ironiquement une des lectures favorites de Tatiana devenue amoureuse (chap. III, str. IX).

j'étais parti de la maison avec l'intention de me livrer à la mélancolie, mais la jeunesse, le temps splendide, l'air frais, l'agrément de la marche rapide, la molle volupté de rester étendu, solitaire, sur l'herbe épaisse prirent le dessus : le souvenir de ces paroles inoubliables, de ces baisers se pressait dans mon cœur. Il m'était agréable de penser que Zénaïde ne pouvait pourtant pas ne pas rendre justice à mon audace, à mon héroïsme... « Les autres sont pour elle meilleurs que moi, pensais-je, soit ! Mais les autres se contentent de dire qu'ils vont agir, et moi, j'ai agi ! Et que ne ferai-je pas encore pour elle !... » Mon imagination se mit en branle. Je me vis la sauver des mains d'ennemis, l'arracher, tout couvert de sang, d'une prison, mourir à ses pieds. Je me souvins d'un tableau qui se trouvait dans notre salon : il représentait Malek-Adel enlevant Mathilde[12] ; là-dessus je m'intéressai à l'apparition d'un gros pic vert bariolé qui était tout affairé à monter le long du tronc mince d'un bouleau et regardait d'un air inquiet tantôt à droite, tantôt à gauche, comme un musicien derrière le manche d'une contrebasse.

Puis, je me mis à chanter *Ce ne sont pas les blanches neiges*[13] et enchaînai avec une romance célèbre à cette époque, *Je t'attends quand le zéphyr folâtre*[14] ; ensuite, je me mis à réciter à haute voix l'invocation d'Iermak aux étoiles de la tragédie de

13. Chanson populaire russe très connue qui figurait dans la plupart des recueils de chansons. Une de ses premières publications se trouve dans un recueil de 1818.

14. Romance sur les paroles d'une poésie du prince P. A. Viazemski, datant de 1816.

гедии Хомякова; попытался было сочинить что-нибудь в чувствительном родс, придумал даже строчку, которой должно было заканчиваться всё стихотворение: «О, Зинаида! Зинаида!», но ничего не вышло. Между тем наступало время обеда. Я спустился в долину; узкая песчаная дорожка вилась по ней и вела в город. Я пошел по этой дорожке... Глухой стук лошадиных копыт раздался за мною. Я оглянулся, невольно остановился и снял фуражку: я увидел моего отца и Зинаиду. Они ехали рядом. Отец говорил ей что-то, перегнувшись к ней всем станом и опершись рукою на шею лошади; он улыбался. Зинаида слушала его молча, строго опустив глаза и сжавши губы. Я сперва увидал их одних; только через несколько мгновений, из-за поворота долины, показался Беловзоров в гусарском мундире с ментиком, на опененном вороном коне. Добрый конь мотал головою, фыркал и плясал: всадник и сдерживал его и шпорил. Я посторонился. Отец подобрал поводья, отклонился от Зинаиды, она медленно подняла на него глаза — и оба поскакали... Беловзоров промчался вслед за ними, гремя саблей. «Он красен, как рак, — подумал я, — а она... Отчего она такая бледная? ездила верхом целое утро — и бледная?»

15. Il s'agit du monologue d'Iermak à la scène III de l'acte V de la tragédie romantique *Iermak*, de A. S. Khomiakov (1804-1860), qui parut en édition séparée à Moscou en 1832. Cette œuvre de jeunesse du futur chef de file des slavophiles, consa-

Khomiakov[15] ; j'essayai de composer quelque chose dans le genre sentimental, j'inventai même un vers qui devait terminer toute la poésie : « Ôh, Zénaïde ! Zénaïde ! », mais rien d'autre ne vint. Entre-temps, l'heure du déjeuner approchait. Je descendis dans la vallée ; un sentier sablonneux et étroit y serpentait et menait à la ville. Je me mis à suivre ce sentier... Le bruit sourd de sabots de chevaux retentit derrière moi. Je me retournai, m'arrêtai involontairement et enlevai ma casquette : j'avais aperçu mon père et Zénaïde. Ils allaient côte à côte. Mon père lui disait quelque chose, penché vers elle de toute sa taille et la main appuyée sur l'encolure de son cheval ; il souriait. Zénaïde l'écoutait en silence, les yeux baissés et les lèvres serrées d'un air sévère. D'abord, je ne vis qu'eux deux ; ce n'est qu'au bout de quelques instants que, derrière un coude de la vallée, apparut Biélovzorov avec son dolman et sa pelisse de hussard, sur un cheval moreau tout couvert d'écume. Le bon cheval branlait la tête, s'ébrouait et caracolait : le cavalier le retenait et l'éperonnait en même temps. Je m'écartai. Mon père reprit les rênes, s'écarta de Zénaïde, elle leva lentement les yeux vers lui et ils partirent tous les deux au galop... Biélovzorov se précipita derrière eux, en faisant tinter son sabre. « Il est rouge comme une écrevisse, pensai-je, et elle... Pourquoi est-elle aussi pâle ? Elle a monté à cheval toute la matinée et elle est pâle ? »

crée au cosaque qui conquit la Sibérie, fut écrite en 1826 et fut représentée peu après à Saint-Pétersbourg avec un grand succès.

Я удвоил шаги и поспел домой перед самым обедом. Отец уже сидел переодетый, вымытый и свежий, возле матушкиного кресла и читал ей своим ровным и звучным голосом фельетон « Journal des Débats », но матушка слушала его без внимания и, увидавши меня, спросила, где я пропадал целый день, и прибавила, что не любит, когда таскаются Бог знает где и Бог знает с кем. «Да я гулял один», — хотел было я ответить, но посмотрел на отца и почему-то промолчал.

XV

В течение следующих пяти, шести дней я почти не видел Зинаиды : она сказывалась больною, что не мешало, однако, обычным посетителям флигеля являться, как они выражались, на свое дежурство — всем, кроме Майданова, который тотчас падал духом и скучал, как только не имел случая восторгаться. Беловзоров сидел угрюмо в углу, весь застегнутый и красный ; на тонком лице графа Малевского постоянно бродила какая-то недобрая улыбка ; он действительно впал в немилость у Зинаиды и с особенным стараньем подслуживался старой княгине, ездил с ней в ямской карете к генерал-губернатору. Впрочем, эта поездка оказалась неудачной, и Малевскому вышла даже неприятность : ему напомнили какую-то историю с какими-то путейскими офицерами — и он дол-

Je redoublai mes pas et arrivai à la maison juste avant le déjeuner. Mon père était déjà assis à côté du fauteuil de ma mère, ayant changé de tenue, lavé, frais et net, et il lui lisait de sa voix égale et sonore le feuilleton du *Journal des débats*, mais ma mère l'écoutait d'une oreille distraite et, m'apercevant, elle me demanda où j'avais disparu toute la journée et elle ajouta qu'elle n'aimait pas qu'on allât traîner Dieu sait où et Dieu sait avec qui. « Mais je me suis promené tout seul », faillis-je répondre, quand je regardai mon père et, je ne sais pourquoi, je me tus.

XV

Au cours des cinq ou six jours suivants je ne vis presque pas Zénaïde : elle se disait malade, ce qui n'empêchait pas, cependant, les visiteurs habituels de venir au pavillon, pour prendre leur service, comme ils disaient, tous, sauf Maïdanov, qui tombait dans le découragement et la mélancolie dès qu'il n'avait plus l'occasion de s'enthousiasmer. Biélovzorov était assis dans un coin d'un air maussade, tout rouge et boutonné jusqu'au cou ; je ne sais quel mauvais sourire errait constamment sur le fin visage du comte Malievski ; il était effectivement tombé en disgrâce auprès de Zénaïde et s'empressait avec un zèle particulier auprès de la vieille princesse ; il alla avec elle en fiacre chez le gouverneur général. D'ailleurs, cette visite ne fut pas un succès et Malievski en eut même un certain désagrément : on lui rappela je ne sais quelle histoire

жен был в объяснениях своих сказать, что был тогда неопытен. Лушин приезжал раза по два в день, но оставался недолго; я немножко боялся его после нашего последнего объяснения и в то же время чувствовал к нему искреннее влечение. Он однажды пошел гулять со мною по Нескучному саду, был очень добродушен и любезен, сообщал мне названия и свойства разных трав и цветов и вдруг, как говорится, ни к селу ни к городу, воскликнул, ударив себя по лбу: «А я, дурак, думал, что она кокетка! Видно, жертвовать собою сладко — для иных».

— Что вы хотите этим сказать? — спросил я.

— Вам я ничего не хочу сказать, — отрывисто возразил Лушин.

Меня Зинаида избегала: мое появление — я не мог этого не заметить — производило на нее впечатление неприятное. Она невольно отворачивалась от меня... невольно; вот что было горько, вот что меня сокрушало! Но делать было нечего — и я старался не попадаться ей на глаза и лишь издали ее подкараууливал, что не всегда мне удавалось. С ней по-прежнему происходило что-то непонятное; ее лицо стало другое, вся она другая стала. Особенно поразила меня происшедшая в ней перемена в один теплый, тихий вечер. Я сидел на низенькой скамеечке под широким кустом бузины; я любил это местечко: оттуда было видно окно Зинаидиной комнаты. Я сидел; над моей голо-

avec je ne sais quels officiers du Génie et il fut obligé de dire, parmi ses explications, qu'il manquait alors d'expérience. Louchine venait environ deux fois par jour, mais ne restait pas longtemps ; je le craignais un peu depuis notre dernière explication et, en même temps, je ressentais pour lui une sincère sympathie. Un jour il alla se promener avec moi dans le jardin Niéskoutchny, il fut très amical et aimable, me dit le nom et les propriétés de diverses herbes et fleurs et soudain, comme on dit, à propos de bottes, il s'écria, en se frappant le front : « Et moi, l'imbécile, qui pensais que c'était une coquette ! Apparemment, il est doux de se sacrifier... pour certaines.

— Que voulez-vous dire par là ? demandai-je.

— À vous, je ne veux rien dire », répondit Louchine d'une voix brusque.

Moi, Zénaïde m'évitait : ma venue, je ne pouvais pas ne pas le remarquer, produisait sur elle une impression désagréable. Elle se détournait involontairement de moi... involontairement, voilà ce qui était amer, ce qui me faisait de la peine ! Mais il n'y avait rien à faire, et je m'efforçais de ne pas lui tomber sous les yeux, me contentant de la guetter de loin, ce que je ne réussissais pas toujours à faire. Comme avant, il lui arrivait quelque chose d'incompréhensible ; son visage était devenu différent, tout entière elle était devenue différente. Le changement qui s'était produit en elle me frappa particulièrement par un soir doux et tiède. J'étais assis sur un petit banc bas, sous un large sureau ; j'aimais cet endroit : de là on voyait la fenêtre de la chambre de Zénaïde. J'étais assis ; au-dessus de

вой в потемневшей листве хлопотливо ворошилась маленькая птичка; серая кошка, вытянув спину, осторожно кралась в сад, и первые жуки тяжело гудели в воздухе, еще прозрачном, хотя уже не светлом. Я сидел и смотрел на окно — и ждал, не отворится ли оно: точно — оно отворилось, и в нем появилась Зинаида. На ней было белое платье — и сама она, ее лицо, плечи, руки были бледны до белизны. Она долго осталась неподвижной и долго глядела неподвижно и прямо из-под сдвинутых бровей. Я и не знал за ней такого взгляда. Потом она стиснула руки, крепко-крепко, поднесла их к губам, ко лбу — и вдруг, раздернув пальцы, откинула волосы от ушей, встряхнула ими и, с какой-то решительностью кивнув сверху вниз головою, захлопнула окно.

Дня три спустя она встретила меня в саду. Я хотел уклониться в сторону, но она сама меня остановила.

— Дайте мне руку, — сказала она мне с прежней лаской, — мы давно с вами не болтали.

Я взглянул на нее: глаза ее тихо светились, и лицо улыбалось, точно сквозь дымку.

— Вы всё еще нездоровы? — спросил я ее.

— Нет, теперь всё прошло, — отвечала она и сорвала небольшую красную розу. — Я немножко устала, но и это пройдет.

— И вы опять будете такая же, как прежде? — спросил я.

ma tête, dans le feuillage assombri, un petit oiseau se démenait, tout affairé ; un chat gris, étirant le dos, se faufilait précautionneusement dans le jardin et les premiers hannetons bourdonnaient lourdement dans l'air encore transparent, bien qu'ayant déjà perdu sa clarté. J'étais assis et je regardais la fenêtre et j'attendais que, peut-être, elle s'ouvrît : et elle s'ouvrit effectivement, Zénaïde y apparut. Elle avait une robe blanche, et elle-même, son visage, ses épaules, ses bras étaient pâles jusqu'à la blancheur. Elle resta longtemps immobile et regarda longtemps d'un œil fixe par-dessous ses sourcils froncés. Je ne lui connaissais pas un tel regard. Puis, elle serra les mains, très fort, les approcha de ses lèvres, de son front, et soudain, desserrant les doigts, elle rejeta ses cheveux derrière ses oreilles, les secoua et comme prenant une brusque décision, elle abaissa la tête et claqua la fenêtre.

Trois ou quatre jours après, elle me rencontra dans le jardin. Je voulus m'écarter, mais elle m'arrêta elle-même.

« Donnez-moi le bras, me dit-elle avec la même voix tendre qu'avant, il y a longtemps que nous n'avons pas bavardé ensemble. »

Je la regardai : ses yeux brillaient doucement et son visage souriait comme à travers un léger voile.

« Vous êtes toujours souffrante ? lui demandai-je.

— Non, cela est passé maintenant », répondit-elle et elle cueillit une petite rose rouge. « Je suis un peu fatiguée, mais cela passera aussi.

— Et vous serez à nouveau la même qu'avant ? » demandai-je.

Зинаида поднесла розу к лицу — и мне показалось, как будто отблеск ярких лепестков упал ей на щеки.

— Разве я изменилась? — спросила она меня.

— Да, изменились, — ответил я вполголоса.

— Я с вами была холодна — я знаю, — начала Зинаида, — но вы не должны были обращать на это внимания... Я не могла иначе... Ну, да что об этом говорить!

— Вы не хотите, чтоб я любил вас, вот что! — воскликнул я мрачно, с невольным порывом.

— Нет, любите меня — но не так, как прежде.

— Как же?

— Будемте друзьями — вот как! — Зинаида дала мне понюхать розу. — Послушайте, ведь я гораздо старше вас — я могла бы быть вашей тетушкой, право; ну, не тетушкой, старшей сестрой. А вы...

— Я для вас ребенок, — перебил я ее.

— Ну да, ребенок, но милый, хороший, умный, которого я очень люблю. Знаете ли что? Я вас с нынешнего же дня жалую к себе в пажи; а вы не забывайте, что пажи не должны отлучаться от своих госпож. Вот вам знак вашего нового достоинства, — прибавила она, вдевая розу в петлю моей курточки, — знак нашей к вам милости.

— Я от вас прежде получал другие милости, — пробормотал я.

— А! — промолвила Зинаида и сбоку посмотрела на меня. — Какая у него память! Что ж! я и теперь готова...

Zénaïde porta la rose à son visage et il me sembla que le reflet des pétales éclatants tomba sur ses joues.

« Aurais-je changé ? me demanda-t-elle.

— Oui, vous avez changé, répondis-je à mi-voix.

— J'ai été froide avec vous, je sais, commença Zénaïde, mais vous n'auriez pas dû y faire attention... Je ne pouvais pas faire autrement... Ah ! à quoi bon en parler !

— Vous ne voulez pas que je vous aime, voilà ce qu'il y a ! m'écriai-je d'un air sombre, dans un élan involontaire.

— Si, aimez-moi, mais pas comme avant.

— Et comment ?

— Soyons amis, voilà comment ! » Zénaïde me fit respirer la rose. « Écoutez, je suis beaucoup plus vieille que vous, n'est-ce pas, je pourrais être votre tante, vrai ; disons, pas votre tante, mais votre sœur aînée. Et vous...

— Je suis un enfant pour vous, l'interrompis-je.

— Eh bien oui, un enfant, mais gentil, bon, intelligent, et que j'aime beaucoup. Savez-vous ? À partir d'aujourd'hui, je vous nomme mon page ; et vous, n'oubliez pas que les pages ne doivent pas s'éloigner de leur dame. Tenez, voici le signe de votre nouvelle dignité, ajouta-t-elle en passant la rose dans la boutonnière de ma veste, le signe de notre faveur envers vous.

— Avant, je recevais de vous d'autres faveurs, murmurai-je.

— Ah ! dit Zénaïde et elle me regarda de côté. Quelle mémoire il a ! Eh bien ! je suis prête maintenant encore... »

И, склонившись ко мне, она напечатлела мне на лоб чистый, спокойный поцелуй.

Я только посмотрел на нее, а она отвернулась и, сказавши: «Ступайте за мной, мой паж», — пошла к флигелю. Я отправился вслед за нею — и всё недоумевал. «Неужели, — думал я, — эта кроткая, рассудительная девушка — та самая Зинаида, которую я знал?» И походка ее мне казалась тише — вся ее фигура величественнее и стройней...

И Боже мой! с какой новой силой разгоралась во мне любовь!

XVI

После обеда опять собрались во флигеле гости — и княжна вышла к ним. Всё общество было налицо, в полном составе, как в тот первый, незабвенный для меня вечер: даже Нирмацкий притащился; Майданов пришел в этот раз раньше всех — он принес новые стихи. Начались опять игры в фанты, но уже без прежних странных выходок, без дурачества и шума — цыганский элемент исчез. Зинаида дала новое настроение нашей сходке. Я сидел подле нее по праву пажа. Между прочим, она предложила, чтобы тот, чей фант вынется, рассказывал свой сон; но это не удалось. Сны выходили либо неинтересные (Беловзоров видел во сне, что накормил свою лошадь карасями и что у ней была деревянная голова), либо неестественные, сочиненные. Майданов угостил нас целою повестью: тут

Et, se penchant vers moi, elle imprima sur mon front un baiser chaste, serein.

Je ne fis que la regarder, elle se détourna et, après avoir dit : « Suivez-moi, mon page », elle alla vers le pavillon. Je la suivis, sans trop savoir que penser. « Est-il possible que cette douce et raisonnable jeune fille, pensais-je, soit la même Zénaïde que j'ai connue ? » Et sa démarche me semblait plus calme, toute sa silhouette plus majestueuse et svelte...

Et, mon Dieu ! avec quelle force neuve se rallumait en moi l'amour !

XVI

Après le dîner, les habitués se réunirent à nouveau dans le pavillon et Zénaïde vint les rejoindre. Toute la société était là au complet comme le premier soir, inoubliable pour moi : même Nirmatski s'était traîné jusque-là ; Maïdanov, cette fois-ci, vint plus tôt que tout le monde, il apportait de nouveaux vers. Le jeu des gages recommença, mais sans les anciennes fantaisies, sans folie ni tumulte, l'élément bohémien avait disparu. Zénaïde donna un nouveau tour à notre réunion. J'étais assis à côté d'elle suivant mon privilège de page. Elle proposa, entre autres, que celui dont le gage sortirait racontât son rêve de la nuit ; mais cela ne donna rien de bon. Les rêves étaient soit peu intéressants (Biélovzorov avait rêvé qu'il avait nourri son cheval de carassins et que ce cheval avait une tête de bois), soit peu naturels, inventés. Maïdanov

были и могильные склепы, и ангелы с лирами, и говорящие цветы и несущиеся издалека звуки. Зинаида не дала ему докончить.

— Коли уж дело пошло на сочинения, — сказала она, — так пускай каждый расскажет что-нибудь непременно выдуманное.

Первому досталось говорить тому же Беловзорову.

Молодой гусар смутился.

— Я ничего выдумать не могу! — воскликнул он.

— Какие пустяки! — подхватила Зинаида. — Ну, вообразите себе, например, что вы женаты, и расскажите нам, как бы вы проводили время с вашей женой. Вы бы ее заперли?

— Я бы ее запер.

— И сами бы сидели с ней?

— И сам непременно сидел бы с ней.

— Прекрасно. Ну, а если бы ей это надоело, и она бы изменила вам?

— Я бы ее убил.

— А если б она убежала?

— Я бы догнал ее и все-таки бы убил.

— Так. Ну, а положим, я была бы вашей женой, что бы вы тогда сделали?

Беловзоров помолчал.

— Я бы себя убил...

Зинаида засмеялась.

— Я вижу, у вас недолга песня.

Второй фант вышел Зинаидин. Она подняла глаза к потолку и задумалась.

— Вот, послушайте, — начала она наконец, — что я выдумала... Представьте себе велико-

nous offrit tout un roman : il s'y trouvait et des caveaux et des anges avec des lyres et des fleurs parlantes et des sons venant de loin. Zénaïde ne le laissa pas achever.

« Si on en est aux romans, dit-elle, alors que chacun raconte quelque chose de vraiment inventé. »

Le premier qui dut parler fut encore Biélovzorov. Le jeune hussard se troubla.

« Je ne peux rien inventer ! s'écria-t-il.

— Quelles sornettes ! répliqua Zénaïde. Eh bien, imaginez, par exemple, que vous soyez marié et racontez-nous comment vous passeriez le temps avec votre femme. Vous l'enfermeriez ?

— Je l'enfermerais.

— Et vous-même, vous resteriez avec elle ?

— Et moi-même, je resterais sûrement avec elle.

— Parfait. Et si cela l'ennuyait et si elle vous trompait ?

— Je la tuerais.

— Et si elle s'enfuyait ?

— Je la rattraperais et la tuerais quand même.

— Bon. Et supposons que ce soit moi votre femme, que feriez-vous alors ? »

Biélovzorov se tut un instant.

— Je me tuerais... »

Zénaïde se mit à rire.

« Je vois que vous êtes expéditif. »

Le deuxième gage fut celui de Zénaïde. Elle leva les yeux au plafond et devint songeuse.

« Voici, écoutez, commença-t-elle enfin, ce que j'ai inventé... Imaginez un palais magnifique, une

лепный чертог, летнюю ночь и удивительный бал. Бал этот дает молодая королева. Везде золото, мрамор, хрусталь, шелк, огни, алмазы, цветы, куренья, все прихоти роскоши.

— Вы любите роскошь ? — перебил ее Лушин.

— Роскошь красива, — возразила она, — я люблю всё красивое.

— Больше прекрасного? — спросил он.

— Это что-то хитро, не понимаю. Не мешайте мне. Итак, бал великолепный. Гостей множество, все они молоды, прекрасны, храбры, все без памяти влюблены в королеву.

— Женщин нет в числе гостей? — спросил Малевский.

— Нет — или погодите — есть.

— Всё некрасивые?

— Прелестные. Но мужчины все влюблены в королеву. Она высока и стройна; у ней маленькая золотая диадема на черных волосах.

Я посмотрел на Зинаиду — и в это мгновение она мне показалась настолько выше всех нас, от ее белого лба, от ее недвижных бровей веяло таким светлым умом и такою властию, что я подумал: «Ты сама эта королева!»

— Все толпятся вокруг нее, — продолжала Зинаида, — все расточают перед ней самые льстивые речи.

— А она любит лесть? — спросил Лушин.

— Какой несносный! всё перебивает... Кто ж не любит лести?

— Еще один, последний вопрос, — заметил Малевский. — У королевы есть муж?

nuit d'été et un bal merveilleux. C'est une jeune reine qui donne ce bal. Partout ce ne sont qu'or, marbre, cristal, soie, feux, diamants, fleurs, parfums qui brûlent, tous les caprices du luxe.

— Vous aimez le luxe ? l'interrompit Louchine.

— Le luxe est joli, répliqua-t-elle, j'aime tout ce qui est joli.

— Plus que le beau ? demanda-t-il.

— C'est trop compliqué, je ne comprends pas. Ne me gênez pas. Donc, le bal est magnifique. Il y a une foule d'invités, ils sont tous jeunes, beaux, braves, ils sont tous amoureux fous de la reine.

— Il n'y a pas de femmes parmi les invités ? demanda Malievski.

— Non, ou attendez, si.

— Toutes laides ?

— Non, charmantes. Mais les hommes sont tous amoureux de la reine. Elle est grande et svelte ; elle porte un petit diadème en or dans ses cheveux noirs. »

Je regardai Zénaïde et, à cet instant, elle me parut tellement plus élevée que nous tous, son front blanc, ses sourcils immobiles irradiaient tant de claire intelligence et d'autorité que je pensai : « Tu es toi-même cette reine ! »

« Tous se pressent autour d'elle, continua Zénaïde, tous lui prodiguent les discours les plus flatteurs.

— Et elle aime la flatterie ? demanda Louchine.

— Qu'il est insupportable ! Il interrompt tout le temps... Qui donc n'aime pas la flatterie ?

— Encore une question, la dernière, remarqua Malievski. La reine a-t-elle un mari ?

— Я об этом и не подумала. Нет, зачем муж?

— Конечно, — подхватил Малевский, — зачем муж?

— Silence! — воскликнул Майданов, который по-французски говорил плохо.

— Merci, — сказала ему Зинаида. — Итак, королева слушает эти речи, слушает музыку, но не глядит ни на кого из гостей. Шесть окон раскрыты сверху донизу, от потолка до полу; а за ними темное небо с большими звездами да темный сад с большими деревьями. Королева глядит в сад. Там, около деревьев, фонтан; он белеет во мраке — длинный, длинный, как привидение. Королева слышит сквозь говор и музыку тихий плеск воды. Она смотрит и думает: вы все, господа, благородны, умны, богаты, вы окружили меня, вы дорожите каждым моим словом, вы все готовы умереть у моих ног, я владею вами... А там, возле фонтана, возле этой плещущей воды, стоит и ждет меня тот, кого я люблю, кто мною владеет. На нем нет ни богатого платья, ни драгоценных камней, никто его не знает, но он ждет меня и уверен, что я приду, — и я приду, и нет такой власти, которая бы остановила меня, когда я захочу пойти к нему, и остаться с ним, и потеряться с ним там, в темноте сада, под шорох деревьев, под плеск фонтана...

Зинаида умолкла.

— Это выдумка? — хитро спросил Малевский.

— Je n'y ai pas pensé. Non, pour quoi faire, un mari ?

— Évidemment, reprit Malievski, pour quoi faire?

— *Silence*, s'écria Maïdanov qui parlait mal le français.

— *Merci*, lui dit Zénaïde. Donc, la reine écoute ces discours, écoute la musique, mais ne regarde aucun des invités. Six fenêtres sont grandes ouvertes du haut jusqu'en bas, du plafond jusqu'au parquet ; et au-delà, on voit le ciel sombre avec de grosses étoiles et puis un jardin sombre avec de grands arbres. La reine regarde dans le jardin. Là, près des arbres, se trouve une fontaine ; elle est blanche dans l'obscurité, et longue, longue, comme un fantôme. La reine écoute, à travers le bruit des paroles et la musique, le doux clapotis de l'eau. Elle regarde et songe : « Tous, messieurs, vous êtes nobles, intelligents, riches, vous m'entourez, vous chérissez chacune de mes paroles, vous êtes tous prêts à mourir à mes pieds, je vous ai en mon pouvoir... Et là, près de la fontaine, près de cette eau murmurante, se tient et m'attend celui que j'aime, celui qui m'a en son pouvoir. Il n'a ni riches habits, ni pierres précieuses, personne ne le connaît, mais il m'attend et il est sûr que je viendrai, et je viendrai et aucune puissance au monde ne pourra m'arrêter quand je voudrai aller à lui et rester avec lui et me perdre avec lui, là, dans l'obscurité du jardin, dans le bruissement des arbres et le murmure de la fontaine... »

Zénaïde se tut.

« C'est une invention ? » demanda avec ruse Malievski.

Зинаида даже не посмотрела на него.

— А что бы мы сделали, господа, — вдруг заговорил Лушин, — если бы мы были в числе гостей и знали про этого счастливца у фонтана?

— Постойте, постойте, — перебила Зинаида, — я сама скажу вам, что бы каждый из вас сделал. Вы, Беловзоров, вызвали бы его на дуэль; вы, Майданов, написали бы на него эпиграмму... Впрочем, нет — вы не умеете писать эпиграмм; вы сочинили бы на него длинный ямб, вроде Барбье, и поместили бы ваше произведение в «Телеграфе». Вы, Нирмацкий, заняли бы у него... нет, вы бы дали ему взаймы денег за проценты; вы, доктор... — Она остановилась. — Вот я про вас не знаю, что бы вы сделали.

— По званию лейб-медика, — отвечал Лушин, — я бы присоветовал королеве не давать балов, когда ей не до гостей...

— Может быть, вы были бы правы. А вы, граф...

— А я? — повторил со своей недоброй улыбкой Малевский...

— А вы бы поднесли ему отравленную конфетку.

Лицо Малевского слегка перекосилось и приняло на миг жидовское выражение, но он тотчас же захохотал.

— Что же касается до вас, Вольдемар... — продолжала Зинаида, — впрочем, довольно; давайте играть в другую игру.

16. *Le Télégraphe de Moscou,* revue littéraire bimensuelle,

Zénaïde ne le regarda même pas.

« Et que ferions-nous, messieurs, dit soudain Louchine, si nous étions parmi les invités et connaissions l'existence de cet heureux mortel près de la fontaine ?

— Attendez, attendez, l'interrompit Zénaïde, je vais vous dire moi-même ce que chacun d'entre vous ferait. Vous, Biélovzorov, vous le provoqueriez en duel ; vous, Maïdanov, vous écririez une épigramme contre lui... ou plutôt non, vous ne savez pas écrire d'épigrammes ; vous composeriez contre lui un long poème iambique, dans le genre de Barbier, et vous le feriez publier dans *Le Télégraphe*[16]. Vous, Nirmatski, vous lui emprunteriez... non, vous lui prêteriez de l'argent avec intérêts ; vous, docteur... » Elle s'arrêta. « Là, vous, je ne sais pas ce que vous feriez.

— En qualité de médecin de la Cour, répondit Louchine, je conseillerais à la reine de ne pas donner de bals quand elle s'intéresse à autre chose qu'à ses invités...

— Peut-être auriez-vous raison. Et vous, comte...

— Et moi ? répondit Malievski avec son mauvais sourire...

— Et vous, vous lui présenteriez un bonbon empoisonné. »

Le visage de Malievski se crispa légèrement et prit l'espace d'un instant une expression mi-chèvre mi-chou, mais il se mit aussitôt à rire.

« En ce qui vous concerne, Voldemar..., continua Zénaïde, et puis, cela suffit ; jouons à un autre jeu.

qui parut de 1825 à 1834 sous la direction de N. A. Polevoï, publiait les œuvres des écrivains romantiques.

— Мсьё Вольдемар, в качестве пажа королевы, держал бы ей шлейф, когда бы она побежала в сад, — ядовито заметил Малевский.

Я вспыхнул, но Зинаида проворно положила мне на плечо руку и, приподнявшись, промолвила слегка дрожащим голосом:

— Я никогда не давала вашему сиятельству права быть дерзким и потому прошу вас удалиться. — Она указала ему на дверь.

— Помилуйте, княжна, — пробормотал Малевский и весь побледнел.

— Княжна права, — воскликнул Беловзоров и тоже поднялся.

— Я, ей-богу, никак не ожидал, — продолжал Малевский, — в моих словах, кажется, ничего не было такого... у меня и в мыслях не было оскорбить вас... Простите меня.

Зинаида окинула его холодным взглядом и холодно усмехнулась.

— Пожалуй, останьтесь, — промолвила она с небрежным движением руки. — Мы с мсьё Вольдемаром напрасно рассердились. Вам весело жалиться... на здоровье.

— Простите меня, — еще раз повторил Малевский, а я, вспоминая движение Зинаиды, подумал опять, что настоящая королева не могла бы с бо́льшим достоинством указать дерзновенному на дверь.

Игра в фанты продолжалась недолго после этой небольшой сцены; всем немного стало неловко, не столько от самой этой сцены, сколько от другого, не совсем определенного, но тяжелого чувства. Никто о нем не говорил, но

— En qualité de page de la reine, M. Voldemar lui tiendrait sa traîne quand elle courrait au jardin », remarqua avec fiel Malievski.

Je rougis comme une pivoine, mais Zénaïde me posa vivement la main sur l'épaule et, se levant à moitié, dit d'une voix qui tremblait légèrement :

« Je n'ai jamais donné à Votre Grâce le droit d'être insolent et c'est pourquoi je vous prie de vous éloigner. » Elle lui montra la porte.

« Je vous en prie, princesse, murmura Malievski, devenu tout blême.

— La princesse a raison, s'écria Biélovzorov qui se leva aussi.

— Je ne m'attendais pas à cela, je vous assure, continua Malievski, dans mes paroles, semble-t-il, il n'y avait rien de... je n'avais pas l'intention de vous offenser... Pardonnez-moi. »

Zénaïde le regarda d'un air froid et eut un rire froid.

« Eh bien, restez, dit-elle avec un geste négligent de la main. M. Voldemar et moi, nous nous sommes fâchés pour rien. Il vous plaît de cracher votre venin... à votre aise !

— Pardonnez-moi », répéta encore une fois Malievski, et moi, me souvenant du geste de Zénaïde, je pensai à nouveau qu'une véritable reine n'aurait pu montrer la porte à un insolent avec plus de dignité.

Le jeu des gages ne se prolongea pas longtemps après cette petite scène ; tout le monde se sentait un peu gêné, non point tellement à cause de cette scène elle-même qu'à cause d'un autre sentiment, assez imprécis, mais pénible. Personne n'en par-

всякий сознавал его и в себе и в своем соседе. Майданов прочел нам свои стихи — и Малевский с преувеличенным жаром расхвалил их. «Как ему теперь хочется показаться добрым», — шепнул мне Лушин. Мы скоро разошлись. На Зинаиду внезапно напало раздумье; княгиня выслала сказать, что у ней голова болит; Нирмацкий стал жаловаться на свои ревматизмы...

Я долго не мог заснуть, меня поразил рассказ Зинаиды.

— Неужели в нем заключался намек? — спрашивал я самого себя, — и на кого, на что она намекала? И если точно есть на что намекнуть... как же решиться? Нет, нет, не может быть, — шептал я, переворачиваясь с одной горячей щеки на другую... Но я вспоминал выражение лица Зинаиды во время ее рассказа... я вспоминал восклицание, вырвавшееся у Лушина в Нескучном, внезапные перемены в ее обращении со мною — и терялся в догадках. «Кто он?» Эти два слова точно стояли перед моими глазами, начертанные во мраке; точно низкое зловещее облако повисло надо мною — и я чувствовал его давление и ждал, что вот-вот оно разразится. Ко многому я привык в последнее время, на многое насмотрелся у Засекиных; их беспорядочность, сальные огарки, сломанные ножи и вилки, мрачный Вонифатий, обтёрханные горничные, манеры самой княгини — вся эта странная жизнь уже не поражала меня более... Но к тому, что мне смутно чудилось

lait, mais chacun en avait conscience en lui-même et chez son voisin. Maïdanov nous lut ses vers et Malievski les loua avec une flamme exagérée. « Comme il a envie maintenant de paraître bon », me chuchota Louchine. Nous nous séparâmes bientôt. Zénaïde était soudain devenue rêveuse ; sa mère avait fait dire qu'elle avait mal à la tête ; Nirmatski s'était mis à se plaindre de ses rhumatismes...

Pendant longtemps, je ne pus m'endormir, le récit de Zénaïde m'avait trop frappé.

« Renfermerait-il une allusion ? me demandais-je, et à propos de qui, et à propos de quoi ? Et s'il y a réellement matière à allusions... comment décider ? Non, non, ce n'est pas possible », murmurais-je, me tournant d'une joue brûlante sur l'autre... Mais je me souvenais de l'expression du visage de Zénaïde pendant son récit... je me souvenais de l'exclamation qui avait échappé à Louchine dans le jardin Niéskoutchny, des changements brusques dans la manière d'être de la jeune fille avec moi et me perdais en conjectures. « Qui est-ce ? » Ces mots se dressaient devant mes yeux, comme tracés dans l'obscurité ; un nuage menaçant était comme suspendu au-dessus de moi et je sentais sa pression et j'attendais que soudain il éclatât. Je m'étais habitué à beaucoup de choses dans les derniers temps, j'avais vu beaucoup de choses chez les Zassiékine ; leur désordre, les bouts de chandelle, les couteaux et fourchettes cassés, le sombre Boniface, les femmes de chambre loqueteuses, les manières de la vieille princesse, toute cette vie étrange ne me frappait plus... Mais à ce qui m'appa-

теперь в Зинаиде, — я привыкнуть не мог... «Авантюрьерка», — сказала про нее однажды моя мать. Авантюрьерка — она, мой идол, мое божество! Это название жгло меня, я старался уйти от него в подушку, я негодовал — и в то же время, на что бы я не согласился, чего бы я не дал, чтобы только быть тем счастливцем у фонтана!..

Кровь во мне загорелась и расходилась. «Сад... фонтан... — подумал я. — Пойду-ка я в сад.» Я проворно оделся и выскользнул из дому. Ночь была темна, деревья чуть шептали; с неба падал тихий холодок, от огорода тянуло запахом укропа. Я обошел все аллеи; легкий звук моих шагов меня и смущал и бодрил; я останавливался, ждал и слушал, как стукало мое сердце — крупно и скоро. Наконец, я приблизился к забору и оперся на тонкую жердь. Вдруг — или это мне почудилось? — в нескольких шагах от меня промелькнула женская фигура... Я усиленно устремил взор в темноту — я притаил дыхание. Что это? Шаги ли мне слышатся — или это опять стучит мое сердце? «Кто здесь?» — пролепетал я едва внятно. Что это опять? подавленный ли смех?.. или шорох в листьях... или вздох над самым ухом? Мне стало страшно... «Кто здесь?» — повторил я еще тише.

Воздух заструился на мгновение; по небу сверкнула огненная полоска: звезда покатилась. «Зинаида?» — хотел спросить я, но звук замер у

raissait maintenant de façon vague en Zénaïde, à cela je ne pouvais m'habituer... « Une aventurière », avait dit d'elle un jour ma mère. Une aventurière, elle, mon idole, ma divinité ! Ce nom me brûlait, j'essayais de lui échapper en m'enfonçant dans mon oreiller, j'étais indigné et, en même temps, que n'aurais-je accepté, que n'aurais-je donné pour être seulement cet heureux mortel près de la fontaine !...

Mon sang s'enflamma et bouillonna dans mes veines. « Le jardin... la fontaine..., pensai-je. Si j'allais dans le jardin ? » Je m'habillai promptement et me glissai hors de la maison. La nuit était sombre, les arbres murmuraient à peine ; une douce fraîcheur tombait du ciel, une odeur de fenouil venait du potager. Je fis le tour de toutes les allées ; le bruit léger de mes pas me troublait et m'encourageait ; je m'arrêtais, attendais et écoutais battre mon cœur, fort et rapide. Enfin, je m'approchai de la palissade et m'appuyai contre un mince piquet. Soudain, ou bien je le rêvai ? à quelques pas de moi passa une silhouette féminine... Je fixai mon regard plus intensément dans l'obscurité, je retins ma respiration. Qu'était-ce ? Étaient-ce des pas que j'entendais ou bien était-ce encore mon cœur qui battait ? « Qui est là ? » balbutiai-je de façon à peine audible. Qu'était-ce encore ? un rire étouffé ?... ou un bruissement de feuilles... ou un soupir juste contre mon oreille ? J'eus peur... « Qui est là ? » répétai-je à voix encore plus basse.

Il y eut un ruissellement soudain dans l'air ; un trait de feu brilla dans le ciel, c'était une étoile filante qui avait passé. « Zénaïde ? » voulus-je

меня на губах. И вдруг всё стало глубоко безмолвно кругом, как это часто бывает в средине ночи... Даже кузнечики перестали трещать в деревьях — только окошко где-то звякнуло. Я постоял, постоял и вернулся в свою комнату, к своей простывшей постели. Я чувствовал странное волнение: точно я ходил на свидание — и остался одиноким и прошел мимо чужого счастия.

XVII

На следующий день я видел Зинаиду только мельком: она ездила куда-то с княгинею на извозчике. Зато я видел Лушина, который, впрочем, едва удостоил меня привета, и Малевского. Молодой граф осклабился и дружелюбно заговорил со мною. Из всех посетителей флигелька он один умел втереться к нам в дом и полюбился матушке. Отец его не жаловал и обращался с ним до оскорбительности вежливо.

— Ah, monsieur le page! — начал Малевский, — очень рад вас встретить. Что делает ваша прекрасная королева?

Его свежее, красивое лицо так мне было противно в эту минуту — и он глядел на меня так презрительно-игриво, что я не отвечал ему вовсе.

— Вы всё сердитесь? — продолжал он. — Напрасно. Ведь не я вас назвал пажем, а пажи бывают преимущественно у королев. Но поз-

demander, mais le son mourut sur mes lèvres. Et soudain tout devint profondément silencieux alentour, comme cela arrive souvent au milieu de la nuit... Même les grillons avaient cessé de chanter dans les arbres, seule une lucarne claqua quelque part. J'attendis, j'attendis, debout, puis je rentrai dans ma chambre pour retrouver mon lit refroidi. Je ressentais un émoi singulier : c'était comme si j'étais allé à un rendez-vous, étais resté seul et avais côtoyé le bonheur d'autrui.

XVII

Le lendemain, je ne fis qu'apercevoir Zénaïde : elle était allée je ne sais où avec sa mère, en fiacre. En revanche, je vis Louchine qui, d'ailleurs, daigna tout juste me saluer, et Malievski. Le jeune comte me fit un large sourire et se mit à me parler amicalement. De tous les visiteurs du pavillon il était le seul à avoir su s'introduire chez nous et à avoir plu à ma mère. Mon père ne pouvait le souffrir et était avec lui d'une politesse frisant l'insolence.

« *Ah, monsieur le page !*, commença Malievski, enchanté de vous rencontrer. Que fait votre belle reine ? »

Son beau visage frais et rose m'était tellement déplaisant à cet instant, et il me regardait d'un air tellement enjoué et méprisant, que je ne lui répondis rien.

« Vous êtes toujours fâché ? continua-t-il. Vous avez tort. Ce n'est pas moi qui vous ai nommé page, et les pages existent surtout auprès des reines. Mais

вольте вам заметить, что вы худо исполняете свою обязанность.

— Как так?

— Пажи должны быть неотлучны при своих владычицах; пажи должны всё знать, что они делают, они должны даже наблюдать за ними, — прибавил он, понизив голос, — днем и ночью.

— Что вы хотите сказать?

— Что я хочу сказать? Я, кажется, ясно выражаюсь. Днем — и ночью. Днем еще так и сяк; днем светло и людно; но ночью — тут как раз жди беды. Советую вам не спать по ночам и наблюдать, наблюдать из всех сил. Помните — в саду, ночью, у фонтана — вот где надо караулить. Вы мне спасибо скажете.

Малевский засмеялся и повернулся ко мне спиной. Он, вероятно, не придавал особенного значенья тому, что сказал мне; он имел репутацию отличного мистификатора и славился своим умением дурачить людей на маскарадах, чему весьма способствовала та почти бессознательная лживость, которою было проникнуто всё его существо... Он хотел только подразнить меня; но каждое его слово протекло ядом по всем моим жилам. Кровь бросилась мне в голову. «А! вот что! — сказал я самому себе, — добро! Стало быть, мои вчерашние предчувствия были справедливы! Стало быть, меня недаром тянуло в сад! Так не бывать же этому!» — воскликнул я громко и ударил кулаком себя в грудь, хотя я собственно и не знал — чему

permettez-moi de vous faire remarquer que vous remplissez mal vos obligations.

— Comment cela ?

— Les pages doivent être inséparables de leur maîtresse ; les pages doivent tout savoir de ce qu'elle fait, ils doivent même la surveiller, ajouta-t-il en baissant la voix, de jour comme de nuit.

— Que voulez-vous dire ?

— Ce que je veux dire ? Il me semble que je m'exprime clairement. De jour comme de nuit. Le jour, cela va encore ; le jour, il fait clair et il y a du monde ; mais la nuit, c'est là qu'il faut ouvrir l'œil. Je vous conseille de ne pas dormir la nuit et de surveiller, de surveiller de toutes vos forces. Souvenez-vous, dans le jardin, la nuit, près de la fontaine, voilà où il faut monter la garde. Vous m'en remercierez. »

Malievski se mit à rire et me tourna le dos. Il n'accordait sans doute pas de signification particulière à ce qu'il m'avait dit ; il avait la réputation d'un parfait mystificateur, et était célèbre pour son art de duper les gens dans les mascarades, ce à quoi contribuait grandement la fausseté presque inconsciente dont était empreint tout son être... Il avait seulement voulu me taquiner ; mais chacune de ses paroles avait versé du poison dans mes veines. Le sang me monta au visage. « Ah ! voilà donc où nous en sommes ! me dis-je, parfait ! Par conséquent, mes pressentiments d'hier étaient justes ! Par conséquent, ce n'est pas sans raison que quelque chose m'attirait dans le jardin ! Cela ne sera pas ! » m'écriai-je à voix haute en me frappant la poitrine du poing sans savoir exactement ce qui ne serait

не бывать. «Сам ли Малевский пожалует в сад, — думал я (он, может быть, проболтался: на это дерзости у него станет), — другой ли кто (ограда нашего сада была очень низка, и никакого труда не стоило перелезть через нее), — но только несдобровать тому, кто мне попадется! Никому не советую встречаться со мною! Я докажу всему свету и ей, изменнице (я таки и назвал ее изменницей), что я умею мстить!»

Я вернулся к себе в комнату, достал из письменного стола недавно купленный английский ножик, пощупал острие лезвия и, нахмурив брови, с холодной и сосредоточенной решительностью сунул его себе в карман, точно мне такие дела делать было не в диво и не впервой. Сердце во мне злобно приподнялось и окаменело; я до самой ночи не раздвинул бровей и не разжал губ, и то и дело похаживал взад и вперед, стискивая рукою в кармане разогревшийся нож и заранее приготовляясь к чему-то страшному. Эти новые, небывалые ощущения до того занимали и даже веселили меня, что собственно о Зинаиде я мало думал. Мне всё мерещились: Алеко, молодой цыган — «Куда, красавец молодой! — Лежи...», а потом: «Ты весь обрызган кровью!.. О, что ты сделал?..» — «Ничего!» С какой жестокой улыбкой я повторил

17. Aleko est le héros du poème en vers de Pouchkine *Les Bohémiens* (1824). Aleko, jeune Russe hors-la-loi, est recueilli par une troupe de Bohémiens. Il épouse la belle Zemphyra qui le trompe quelque temps après avec un jeune homme de la

pas. « Que ce soit Malievski lui-même qui vienne dans le jardin, pensais-je (il avait peut-être dévoilé ses intentions : il avait assez d'audace pour cela), ou que ce soit un autre (la clôture de notre jardin était très basse et passer par-dessus ne présentait aucune difficulté), malheur à celui qui me tombera sous la main ! Je ne conseille à personne de me rencontrer ! Je montrerai au monde entier et à elle, la traîtresse (je l'appelai ainsi, la traîtresse), que je sais me venger ! »

Je rentrai dans ma chambre, pris dans mon bureau un petit couteau anglais que j'avais acheté peu de temps auparavant, en tâtai le fil et, les sourcils froncés, avec une détermination froide et concentrée, le fourrai dans ma poche comme si régler ce genre d'affaires n'était pas étonnant pour moi et ne m'arrivait pas pour la première fois. Mon cœur se souleva de haine et se pétrifia ; jusqu'à la nuit tombée je ne déridai pas mon front et n'ouvris pas la bouche, je marchai sans arrêt de long en large, en serrant dans ma poche le couteau devenu tiède et me préparant à l'avance à quelque chose de terrible. Ces sensations nouvelles, inconnues, m'occupaient et même me réjouissaient à ce point que je pensais peu à Zénaïde elle-même. Aleko, le jeune Bohémien, m'apparaissait constamment : « Où vas-tu, beau jeune homme ? Reste étendu... », puis : « Tu es tout éclaboussé de sang !... Oh, qu'as-tu fait ? — Rien[17] ! » Avec quel sourire

troupe. Une nuit, Aleko les surprend et poignarde son rival avec une froide délectation. Il tue également Zemphyra. Les Bohémiens chassent l'assassin.

это: ничего! Отца не было дома; но матушка, которая с некоторого времени находилась в состоянии почти постоянного глухого раздражения, обратила внимание на мой фатальный вид и сказала мне за ужином: «Чего ты дуешься, как мышь на крупу?» Я только снисходительно усмехнулся ей в ответ и подумал: «Если б они знали!» Пробило одиннадцать часов; я ушел к себе, но не раздевался, я выжидал полночи; наконец пробила и она. «Пора!» — шепнул я сквозь зубы и, застегнувшись доверху, засучив даже рукава, отправился в сад.

Я уже заранее выбрал себе место, где караулить. На конце сада, там, где забор, разделявший наши и засекинские владения, упирался в общую стену, росла одинокая ель. Стоя под ее низкими, густыми ветвями, я мог хорошо видеть, насколько позволяла ночная темнота, что происходило вокруг; тут же вилась дорожка, которая мне всегда казалась таинственной: она змеей проползала под забором, носившим в этом месте следы перелезавших ног, и вела к круглой беседке из сплошных акаций. Я добрался до ели, прислонился к ее стволу и начал караулить.

Ночь стояла такая же тихая, как и накануне; но на небе было меньше туч — и очертанья кустов, даже высоких цветов, яснее виднелись. Первые мгновения ожидания были томительны, почти страшны. Я на всё решился, я только соображал: как мне поступить? Загреметь ли: «Куда идешь? Стой! сознайся — или смерть!» —

cruel je répétai ce « Rien ! » Mon père n'était pas à la maison ; mais ma mère, qui depuis quelque temps était dans un état de sourde irritation presque constant, remarqua mon air fatal et me dit au dîner : « Qu'as-tu à faire la tête, tu as l'air vexé comme un dindon. » Je me contentai de lui répondre par un petit rire condescendant et pensai : « S'ils savaient ! » Onze heures sonnèrent ; j'allai dans ma chambre, mais ne me déshabillai pas, j'attendais minuit ; enfin, les douze coups sonnèrent. « Il est temps ! » murmurai-je entre mes dents ; je boutonnai ma veste jusqu'au col, retroussai même mes manches et descendis dans le jardin.

Je m'étais déjà, à l'avance, choisi un endroit pour faire le guet. Au fond du jardin, là où la palissade qui séparait nos possessions de celles des Zassiékine s'appuyait au mur mitoyen, poussait un sapin solitaire. Debout sous ses branches basses et touffues, je pouvais bien voir, autant que le permettait l'obscurité de la nuit, ce qui se passait alentour ; là, serpentait un sentier qui m'avait toujours paru mystérieux : il courait sous la palissade qui portait à cet endroit des traces d'escalade, et menait à une tonnelle ronde formée uniquement par des acacias. J'atteignis le sapin, m'adossai à son tronc et me mis à faire le guet.

La nuit était aussi tranquille que la veille ; mais il y avait moins de nuages au ciel et les contours des buissons, même ceux des grandes fleurs, se voyaient plus clairement. Les premiers instants d'attente furent fatigants, presque effrayants. J'étais décidé à tout, je me demandais seulement comment je devrais agir. Devrais-je crier d'une voix terrible :

или просто поразить... Каждый звук, каждый шорох и шелест казался мне значительным, необычайным... Я готовился... Я наклонился вперед... Но прошло полчаса, прошел час; кровь моя утихала, холодела; сознание, что я напрасно всё это делаю, что я даже несколько смешон, что Малевский подшутил надо мною, — начало прокрадываться мне в душу. Я покинул мою засаду и обошел весь сад. Как нарочно, нигде не было слышно малейшего шума; всё покоилось; даже собака наша спала, свернувшись в клубочек у калитки. Я взобрался на развалину оранжереи, увидел пред собою далекое поле, вспомнил встречу с Зинаидой и задумался...

Я вздрогнул... Мне почудился скрип отворявшейся двери, потом легкий треск переломанного сучка. Я в два прыжка спустился с развалины — и замер на месте. Быстрые, легкие, но осторожные шаги явственно раздавались в саду. Они приближались ко мне. «Вот он... Вот он, наконец!» — промчалось у меня по сердцу. Я судорожно выдернул нож из кармана, судорожно раскрыл его — какие-то красные искры закрутились у меня в глазах, от страха и злости на голове зашевелились волосы... Шаги направлялись прямо на меня — я сгибался, я тянулся им навстречу... Показался человек... Боже мой! это был мой отец!

Я тотчас узнал его, хотя он весь закутался в темный плащ и шляпу надвинул на лицо. На цыпочках прошел он мимо. Он не заметил меня,

« Où vas-tu ? Arrête ! Avoue ou tu es mort ! » ou bien simplement frapper... Chaque son, chaque bruissement et froissement me semblaient pleins de sens, inhabituels... Je me préparais... Je me penchai en avant... Mais une demi-heure passa, une heure passa ; mon sang se calmait, se refroidissait ; l'idée que je faisais tout cela pour rien, que j'étais quelque peu ridicule, que Malievski s'était moqué de moi, commença à s'insinuer dans mon cœur. Je quittai mon embuscade et fis le tour de tout le jardin. Comme par un fait exprès, nulle part on n'entendait le moindre bruit ; tout reposait ; même notre chien dormait, roulé en boule près du portillon. Je grimpai sur les ruines de la serre, vis devant moi la campagne lointaine, me souvins de ma rencontre avec Zénaïde et me mis à songer...

Je sursautai... Il m'avait semblé entendre le grincement d'une porte qui s'ouvrait, puis le léger craquement d'une branche cassée. En deux bonds je descendis des ruines et me figeai sur place. Des pas rapides, légers, mais prudents résonnaient distinctement dans le jardin. Ils s'approchaient de moi. « C'est lui... c'est lui, enfin ! » pensai-je à toute allure en mon cœur. Je tirai convulsivement le couteau de ma poche, l'ouvris convulsivement, des étincelles rouges me passèrent devant les yeux, mes cheveux s'agitèrent sur ma tête de peur et de rage... Les pas se dirigeaient droit vers moi, je me penchais, je me tendais à leur rencontre... Un homme apparut... mon Dieu ! c'était mon père !

Je le reconnus aussitôt bien qu'il fût tout entier enveloppé dans une cape sombre et eût un chapeau cachant son visage. Il passa près de moi sur la

хотя меня ничто не скрывало, но я так скорчился и съежился, что, кажется, сравнялся с самою землею. Ревнивый, готовый на убийство Отелло внезапно превратился в школьника... Я до того испугался неожиданного появления отца, что даже на первых порах не заметил, откуда он шел и куда исчез. Я только тогда выпрямился и подумал: «Зачем это отец ходит ночью по саду», — когда опять всё утихло вокруг. Со страху я уронил нож в траву, но даже искать его не стал: мне было очень стыдно. Я разом отрезвился. Возвращаясь домой, я, однако, подошел к моей скамеечке под кустом бузины и взглянул на окошко Зинаидиной спальни. Небольшие, немного выгнутые стекла окошка тускло синели при слабом свете, падавшем с ночного неба. Вдруг — цвет их стал изменяться... За ними — я это видел, видел явственно — осторожно и тихо спускалась беловатая штора, спустилась до оконницы — и так и осталась неподвижной.

— Что ж это такое? — проговорил я вслух, почти невольно, когда снова очутился в своей комнате. — Сон, случайность или... — Предположения, которые внезапно вошли мне в голову, так были новы и странны, что я не смел даже предаться им.

pointe des pieds. Il ne me remarqua pas, bien que rien ne me cachât, j'étais si ramassé sur moi-même, si recroquevillé que je devais me confondre avec la terre. Othello jaloux, prêt au meurtre, se transforma soudain en écolier... Je fus tellement effrayé de l'apparition soudaine de mon père que je ne remarquai même pas tout de suite d'où il venait et où il avait disparu. Je ne fis que me redresser et penser : « Pourquoi mon père se promène-t-il la nuit dans le jardin ? », quand tout redevint silencieux alentour. De peur, j'avais laissé tomber mon couteau dans l'herbe, mais je ne mis même pas à le chercher : j'avais grand-honte. D'un seul coup je repris mes esprits. En rentrant à la maison, je m'approchai pourtant de mon petit banc sous le sureau et jetai un regard sur la petite fenêtre de la chambre à coucher de Zénaïde. Les petits carreaux, légèrement bombés, bleuissaient vaguement à la faible lumière qui tombait du ciel nocturne. Soudain, leur couleur se mit à changer... Derrière eux, je le vis, je le vis distinctement, un store blanchâtre descendait doucement, avec précaution, il descendit jusqu'à l'appui de la fenêtre et resta comme cela, immobile.

« Qu'est-ce que cela veut dire ? » dis-je tout haut, presque involontairement, quand je me retrouvai à nouveau dans ma chambre. Un rêve, un hasard ou bien... Les suppositions qui me vinrent soudain à l'esprit étaient si nouvelles et si étranges que je n'osai pas m'y abandonner.

XVIII

Я встал поутру с головною болью. Вчерашнее волнение исчезло. Оно заменилось тяжелым недоумением и какою-то еще небывалою грустью — точно во мне что-то умирало.

— Что это вы смотрите кроликом, у которого вынули половину мозга? — сказал мне, встретившись со мною, Лушин.

За завтраком я украдкой взглядывал то на отца, то на мать: он был спокоен, по обыкновению; она, по обыкновению, тайно раздражалась. Я ждал, не заговорит ли отец со мною дружелюбно, как это иногда с ним случалось... Но он даже не поласкал меня своей вседневною, холодною лаской. «Рассказать всё Зинаиде?.. — подумал я. — Ведь уж всё равно — всё кончено между нами.» Я отправился к ней, но не только ничего не рассказал ей — даже побеседовать с ней мне не удалось, как бы хотелось. К княгине на вакансию приехал из Петербурга родной ее сын, кадет, лет двенадцати; Зинаида тотчас поручила мне своего брата.

— Вот вам, — сказала она, — мой милый Володя (она в первый раз так меня называла), товарищ. Его тоже зовут Володей. Пожалуйста, полюбите его; он еще дичок, но у него сердце доброе. Покажите ему Нескучное, гуляйте с ним, возьмите его под свое покровительство. Не правда ли, вы это сделаете? вы тоже такой добрый!

XVIII

Le lendemain matin, je me levai avec mal à la tête. L'émoi de la veille avait disparu. Il était remplacé par une incertitude pénible et une sorte de tristesse encore inconnue, comme si quelque chose mourait en moi.

« Qu'avez-vous ? Vous avez la mine d'un lapin à qui on aurait enlevé la moitié de la cervelle », me dit Louchine en me rencontrant.

Au déjeuner, je regardai à la dérobée tantôt mon père, tantôt ma mère : lui, était calme, comme d'habitude ; elle, comme d'habitude, était irritée en secret. J'attendais que, peut-être, mon père me parlât avec amitié comme cela lui arrivait parfois... Mais il ne me caressa même pas de sa froide caresse quotidienne. « Raconterai-je tout à Zénaïde ? pensai-je. De toute façon, tout est fini entre nous. » J'allai chez elle, et non seulement je ne lui racontai rien, mais je ne pus même pas parler avec elle comme je l'aurais voulu. Le fils de la princesse, un élève de l'École des Cadets, âgé d'environ douze ans, était arrivé de Pétersbourg pour les vacances ; Zénaïde me confia aussitôt son frère.

« Voici, mon cher Volodia, dit-elle (c'était la première fois qu'elle m'appelait ainsi), un camarade pour vous. Il s'appelle également Volodia. Je vous en prie, prenez-le en amitié ; il est encore sauvage, mais il a le cœur bon. Montrez-lui le jardin Niéskoutchny, promenez-vous avec lui, prenez-le sous votre protection. Vous ferez cela, n'est-ce pas ? vous aussi, vous êtes si bon ! »

Она ласково положила мне обе руки на плечи — а я совсем потерялся. Прибытие этого мальчика превращало меня самого в мальчика. Я глядел молча на кадета, который так же безмолвно уставился на меня. Зинаида расхохоталась и толкнула нас друг на друга.

— Да обнимитесь же, дети!

Мы обнялись.

— Хотите, я вас поведу в сад? — спросил я кадета.

— Извольте-с, — отвечал он сиплым, прямо кадетским голосом.

Зинаида опять рассмеялась... Я успел заметить, что никогда еще не было у ней на лице таких прелестных красок. Мы с кадетом отправились. У нас в саду стояли старенькие качели. Я его посадил на тоненькую дощечку и начал его качать. Он сидел неподвижно, в новом своем мундирчике из толстого сукна, с широкими золотыми позументами, и крепко держался за веревки.

— Да вы расстегните свой воротник, — сказал я ему.

— Ничего-с, мы привыкли-с, — проговорил он и откашлялся.

Он походил на свою сестру; особенно глаза ее напоминали. Мне было и приятно ему услуживать, и в то же время та же ноющая грусть тихо грызла мне сердце. «Теперь уж я точно ребенок, — думал я, — а вчера...» Я вспомнил, где я накануне уронил ножик, и отыскал его. Кадет выпросил его у меня, сорвал толстый стебель зори, вырезал из него

Elle me posa tendrement les deux mains sur les épaules, et moi, je fus tout décontenancé. L'arrivée de ce petit garçon me transformait moi aussi en petit garçon. Je regardais en silence le cadet qui, tout aussi silencieusement, me fixa des yeux. Zénaïde éclata de rire et nous poussa l'un vers l'autre.

« Embrassez-vous donc, les enfants ! »

Nous nous embrassâmes.

« Je vais vous conduire au jardin, voulez-vous ? demandai-je au cadet.

— Bien, monsieur », répondit-il d'une voix sifflante, la voix typique d'un cadet.

Zénaïde rit de nouveau... J'eus le temps de remarquer que son visage n'avait jamais eu d'aussi charmantes couleurs. Nous partîmes, le cadet et moi. Nous avions, dans notre jardin, une vieille balançoire. Je le fis asseoir sur la mince planche et me mis à le pousser. Il était assis immobile, avec son petit uniforme neuf de gros drap, ses larges galons dorés, et il se cramponnait aux cordes.

« Déboutonnez donc votre col, lui dis-je.

— Ça ne fait rien, nous sommes habitués, monsieur », dit-il et il toussa.

Il ressemblait à sa sœur ; ses yeux surtout la rappelaient. Il m'était agréable de m'occuper de lui et en même temps la même tristesse lancinante me rongeait doucement le cœur. « Maintenant, je suis vraiment comme un enfant, pensais-je, mais hier... » Je me souvins de l'endroit où, la veille, j'avais laissé tomber le couteau et je réussis à le retrouver. Le cadet me le demanda, il coupa une

дудку и принялся свистать. Отелло посвистал тоже.

Но зато вечером, как он плакал, этот самый Отелло, на руках Зинаиды, когда, отыскав его в уголку сада, она спросила его, отчего он так печален? Слезы мои хлынули с такой силой, что она испугалась.

— Что с вами? что с вами, Володя? — твердила она и, видя, что я не отвечаю ей и не перестаю плакать, вздумала было поцеловать мою мокрую щеку.

Но я отвернулся от нее и прошептал сквозь рыдания:

— Я всё знаю; зачем же вы играли мною?.. На что вам нужна была моя любовь?

— Я виновата перед вами, Володя... — промолвила Зинаида. — Ах, я очень виновата... — прибавила она и стиснула руки. — Сколько во мне дурного, темного, грешного... Но я теперь не играю вами, я вас люблю — вы и не подозреваете, почему и как... Однако что же вы знаете?

Что мог я сказать ей? Она стояла передо мною и глядела на меня — а я принадлежал ей весь, с головы до ног, как только она на меня глядела... Четверть часа спустя я уже бегал с кадетом и с Зинаидой взапуски; я не плакал, я смеялся, хотя напухшие веки от смеха роняли слезы; у меня на шее, вместо галстучка, была повязана лента Зинаиды, и я закричал от радости, когда мне удалось поймать ее за талию. Она делала со мной всё что хотела.

grosse tige de livèche, en tailla un chalumeau et se mit à siffler. Othello siffla aussi.

Mais, en revanche, comme il pleura, le soir, ce même Othello, dans les bras de Zénaïde, quand, l'ayant déniché dans un coin du jardin, elle lui demanda pourquoi il était si triste. Mes larmes jaillirent avec une telle force qu'elle s'en effraya.

« Qu'avez-vous ? qu'avez-vous, Volodia ? » répétait-elle et, voyant que je ne lui répondais pas et que je ne cessais pas de pleurer, elle eut l'idée d'embrasser ma joue mouillée.

Mais je me détournai et murmurai à travers mes sanglots :

« Je sais tout ; pourquoi vous êtes-vous jouée de moi ?... Quel besoin aviez-vous de mon amour ?

— Je suis coupable envers vous, Volodia, dit Zénaïde. Ah, je suis très coupable..., ajouta-t-elle et elle serra les mains. Combien y a-t-il de choses mauvaises, sombres, coupables en moi... Mais maintenant je ne me joue pas de vous, je vous aime, vous ne soupçonnez pas pourquoi ni comment... Mais que savez-vous donc ? »

Que pouvais-je lui dire ? Elle se tenait devant moi et me regardait, et moi, je lui appartenais tout entier, des pieds à la tête, dès qu'elle me regardait... Au bout d'un quart d'heure, je courais déjà avec le cadet et Zénaïde à qui mieux mieux ; je ne pleurais pas, je riais, bien que mes paupières gonflées laissassent tomber des larmes ; au lieu de cravate, j'avais autour du cou le ruban de Zénaïde et je criai de joie quand je réussis à l'attraper par la taille. Elle faisait de moi tout ce qu'elle voulait.

XIX

Я пришел бы в большое затруднение, если бы меня заставили рассказать подробно, что происходило со мною в течение недели после моей неудачной ночной экспедиции. Это было странное, лихорадочное время, хаос какой-то, в котором самые противоположные чувства, мысли, подозренья, надежды, радости и страданья кружились вихрем; я страшился заглянуть в себя, если только шестнадцатилетний мальчик может в себя заглянуть, страшился отдать себе отчет в чем бы то ни было; я просто спешил прожить день до вечера; зато ночью я спал... детское легкомыслие мне помогало. Я не хотел знать, любят ли меня, и не хотел сознаться самому себе, что меня не любят; отца я избегал — но Зинаиды избегать я не мог... Меня жгло как огнем в ее присутствии... но к чему мне было знать, что это был за огонь, на котором я горел и таял, — благо мне было сладко таять и гореть. Я отдавался всем своим впечатлениям и сам с собой лукавил, отворачивался от воспоминаний и закрывал глаза перед тем, что предчувствовал впереди... Это томление, вероятно, долго бы не продолжилось... громовой удар разом всё прекратил и перебросил меня в новую колею.

Вернувшись однажды к обеду с довольно продолжительной прогулки, я с удивлением узнал, что буду обедать один, что отец уехал,

XIX

Je serais bien embarrassé si on voulait me faire raconter par le menu ce qui m'arriva pendant la semaine qui suivit mon infructueuse expédition nocturne. Ce fut une époque étrange, fébrile, une sorte de chaos dans lequel les sentiments et les pensées les plus contradictoires, les soupçons, les espoirs, les joies et les souffrances tourbillonnèrent dans mon esprit ; j'avais peur de regarder au fond de moi, si tant est qu'un garçon de seize ans peut regarder au fond de lui-même, j'avais peur de me rendre compte de quoi que ce soit ; je me hâtais simplement de vivre la journée jusqu'au soir ; mais la nuit, je dormais... la légèreté de l'enfance venait à mon secours. Je ne voulais pas savoir si l'on m'aimait et ne voulais pas m'avouer qu'on ne m'aimait pas ; j'évitais mon père, mais je ne pouvais éviter Zénaïde... J'étais comme brûlé par un feu en sa présence... mais que m'importait de savoir ce qu'était ce feu auquel je brûlais et fondais, il me suffisait de fondre et brûler doucement. Je m'adonnais à toutes mes impressions et rusais avec moi-même, me détournais des souvenirs et fermais les yeux devant ce que je pressentais... Cette langueur n'aurait, sans doute, pu se prolonger longtemps... un coup de tonnerre fit tout cesser d'un coup et me rejeta dans une autre voie.

Rentrant un jour pour le déjeuner d'une promenade assez prolongée, j'appris avec étonnement que je déjeunerais seul, que mon père était parti et

а матушка нездорова, не желает кушать и заперлась у себя в спальне. По лицам лакеев я догадывался, что произошло нечто необыкновенное... Расспрашивать их я не смел, но у меня был приятель, молодой буфетчик Филипп, страстный охотник до стихов и атрист на гитаре — я к нему обратился. От него я узнал, что между отцом и матушкой произошла страшная сцена (а в девичьей всё было слышно до единого слова; многое было сказано по-французски — да горничная Маша пять лет жила у швеи из Парижа и всё понимала); что матушка моя упрекала отца в неверности, в знакомстве с соседней барышней, что отец сперва оправдывался, потом вспыхнул и в свою очередь сказал какое-то жестокое слово, «якобы об ихних летах», отчего матушка заплакала; что матушка также упомянула о векселе, будто бы данном старой княгине, и очень о ней дурно отзывалась и о барышне также, и что тут отец ей пригрозил.

— А произошла вся беда, — продолжал Филипп, — от безымянного письма; а кто его написал — неизвестно; а то бы как этим делам наружу выйти, причины никакой нет.

— Да разве что-нибудь было? — с трудом проговорил я, между тем как руки и ноги у меня холодели и что-то задрожало в самой глубине груди.

Филипп знаменательно мигнул.

que ma mère était souffrante, qu'elle ne voulait pas déjeuner et s'était enfermée dans sa chambre. Aux visages des laquais, je devinais qu'il s'était passé quelque chose d'inhabituel... Je n'osais pas les interroger, mais j'avais un ami, notre jeune maître d'hôtel Philippe, amateur passionné de vers et qui jouait de la guitare en artiste ; je m'adressai à lui. Il m'apprit qu'entre mon père et ma mère il y avait eu une scène terrible (on avait tout entendu, jusqu'au dernier mot, de l'office ; beaucoup de choses avaient été dites en français, mais la femme de chambre Macha avait vécu cinq ans chez une couturière de Paris et comprenait tout) ; que ma mère avait accusé mon père de lui être infidèle, d'avoir lié connaissance avec la demoiselle d'à côté, que mon père avait commencé par se justifier, puis qu'il avait éclaté et qu'à son tour il avait dit un mot cruel, « apparemment sur l'âge de Madame », sur quoi ma mère s'était mise à pleurer ; que ma mère avait aussi mentionné une lettre de change qui aurait été donnée à la vieille princesse et avait dit beaucoup de mal d'elle ainsi que de la demoiselle et que là mon père l'avait menacée.

« Et tout le malheur est venu, continua Philippe, d'une lettre anonyme ; et qui l'a écrite, mystère ; sinon, comment ces affaires-là peuvent-elles venir au jour, il n'y a pas de raison.

— Mais il y a eu vraiment quelque chose ? » dis-je avec difficulté tandis que mes mains et mes pieds se glaçaient et que quelque chose palpitait tout au fond de ma poitrine.

Philippe fit un clin d'œil d'un air entendu.

— Было. Этих делов не скроешь; уж на что батюшка ваш в этом разе осторожен — да ведь надобно ж, примерно, карету нанять или там что... без людей не обойдешься тоже.

Я услал Филиппа — и повалился на постель. Я не зарыдал, не предался отчаянию; я не спрашивал себя, когда и как всё это случилось; не удивлялся, как я прежде, как я давно не догадался, — я даже не роптал на отца... То, что я узнал, было мне не под силу: это внезапное откровение раздавило меня... Всё было кончено. Все цветы мои были вырваны разом и лежали вокруг меня, разбросанные и истоптанные.

XX

Матушка на следующий день объявила, что переезжает в город. Утром отец вошел к ней в спальню и долго сидел с нею наедине. Никто не слышал, что он сказал ей, но матушка уж не плакала больше; она успокоилась и кушать потребовала — однако не показалась и решения своего не переменила. Помнится, я пробродил целый день, но в сад не заходил и ни разу не взглянул на флигель, а вечером я был свидетелем удивительного происшествия: отец мой вывел графа Малевского под руку через залу в переднюю и, в присутствии лакея, холодно сказал ему: «Несколько дней тому назад вашему

« Oui. On ne peut pas cacher ces affaires-là ; monsieur votre père a eu beau être très prudent cette fois, il faut bien, par exemple, louer une voiture ou autre chose... on ne peut rien faire sans les domestiques. »

Je renvoyai Philippe et m'effondrai sur mon lit. Je ne me mis pas à sangloter, je ne me livrai pas au désespoir ; je ne me demandais pas quand et comment tout cela avait pu arriver ; je ne m'étonnais pas de n'avoir pas deviné avant, depuis longtemps, je ne murmurais même pas contre mon père... Ce que j'avais appris était au-dessus de mes forces : cette découverte inattendue m'avait écrasé... Tout était fini. Toutes mes fleurs avaient été arrachées d'un seul coup et gisaient autour de moi, dispersées et foulées aux pieds.

XX

Le lendemain, ma mère déclara qu'elle rentrait en ville. Dans la matinée, mon père entra dans sa chambre et resta longtemps seul avec elle. Personne n'entendit ce qu'il lui dit, mais ma mère ne pleura plus ; elle se calma et se fit porter à déjeuner, cependant elle ne se montra pas et ne changea pas de décision. Je me souviens que je passai tout le jour à errer, mais je n'allai pas dans le jardin et pas une fois ne regardai le pavillon, et le soir je fus le témoin d'un événement étonnant : mon père reconduisit le comte Malievski par le bras du salon dans l'antichambre et, en présence d'un laquais, il lui dit d'un ton froid : « Il y a quelques jours, on a

сиятельству в одном доме указали на дверь; а теперь я не буду входить с вами в объяснения, но имею честь вам доложить, что если вы еще раз пожалуете ко мне, то я вас выброшу в окошко. Мне ваш почерк не нравится.» Граф наклонился, стиснул зубы, съежился и исчез.

Начались сборы к переселению в город, на Арбат, где у нас был дом. Отцу, вероятно, самому уже не хотелось более оставаться на даче; но, видно, он успел упросить матушку не затевать истории. Всё делалось тихо, не спеша, матушка велела даже поклониться княгине и изъявить ей сожаление, что по нездоровью не увидится с ней до отъезда. Я бродил, как шальной, — и одного только желал, как бы поскорее всё это кончилось. Одна мысль не выходила у меня из головы: как могла она, молодая девушка — ну, и все-таки княжна, — решиться на такой поступок, зная, что мой отец человек несвободный, и имея возможность выйти замуж хоть, например, за Беловзорова? На что же она надеялась? Как не побоялась погубить всю свою будущность? Да, думал я, вот это — любовь, это — страсть, это — преданность... и вспоминались мне слова Лушина: жертвовать собою сладко для иных. Как-то пришлось мне увидеть в одном из окон флигеля бледное пятно... «Неужели это лицо Зинаиды»? — подумал я...

18. L'Arbat est un ancien quartier de Moscou aux charmants hôtels particuliers. C'était, au XVIIIe siècle et dans la première moitié du XIXe siècle, le quartier le plus aristocratique de la

montré la porte à Votre Grâce dans une certaine maison ; maintenant, je ne veux pas entrer dans des explications avec vous, mais j'ai l'honneur de vous déclarer que si vous vous présentez encore une fois chez moi, je vous ferai jeter par la fenêtre. Votre écriture ne me plaît pas. » Le comte s'inclina, serra les dents, se recroquevilla et disparut.

Les préparatifs pour rentrer en ville, à l'Arbat[18] où nous avions notre maison, commencèrent. Mon père lui-même, vraisemblablement, n'avait pas envie de rester plus longtemps à la campagne ; mais, visiblement, il avait réussi à convaincre ma mère de ne pas faire d'histoire. Tout se faisait tranquillement, sans hâte, ma mère envoya même saluer la princesse et lui fit savoir son regret de ne pouvoir la voir avant son départ, car elle était souffrante. J'errais comme une âme en peine et ne désirais qu'une chose, que tout finisse au plus vite. Une pensée ne me sortait pas de l'esprit : comment avait-elle pu, elle, une jeune fille, et puis tout de même princesse, se décider à un tel acte, sachant que mon père n'était pas libre, et ayant la possibilité de se marier, ne serait-ce qu'avec Biélovzorov ? Qu'avait-elle donc espéré ? Comment n'avait-elle pas craint de ruiner tout son avenir ? Oui, pensais-je, c'est cela l'amour, la passion, le dévouement sans bornes... et je me souvenais des paroles que m'avait dites Louchine : se sacrifier est doux pour certaines. Il m'advint un jour d'apercevoir une tache pâle à l'une des fenêtres du pavillon... « Se peut-il que ce soit le visage de Zénaïde ? »

ville. Il a été aux trois quarts démoli récemment pour permettre la construction de grands immeubles modernes.

Точно, это было ее лицо. Я не вытерпел. Я не мог расстаться с нею, не сказав ей последнего прости. Я улучил удобное мгновение и отправился во флигель.

В гостиной княгиня встретила меня своим обычным, неопрятно-небрежным приветом.

— Что это, батюшка, ваши так рано всполошились? — промолвила она, забивая табак в обе ноздри.

Я посмотрел на нее, и у меня отлегло от сердца. Слово: вексель, сказанное Филиппом, мучило меня. Она ничего не подозревала... по крайней мере мне тогда так показалось. Зинаида появилась из соседней комнаты, в черном платье, бледная, с развитыми волосами; она молча взяла меня за руку и увела с собой.

— Я услышала ваш голос, — начала она, — и тотчас вышла. И вам так легко было нас покинуть, злой мальчик?

— Я пришел с вами проститься, княжна, — отвечал я, — вероятно, навсегда. Вы, может быть, слышали — мы уезжаем.

Зинаида пристально посмотрела на меня.

— Да, я слышала. Спасибо, что пришли. Я уже думала, что не увижу вас. Не поминайте меня лихом. Я иногда мучила вас; но все-таки я не такая, какою вы меня воображаете.

Она отвернулась и прислонилась к окну.

— Право, я не такая. Я знаю, вы обо мне дурного мнения.

— Я?

— Да, вы... вы.

pensai-je... Oui, c'était son visage. Je n'y tins plus. Je ne pouvais me séparer d'elle sans lui dire un dernier adieu. Je profitai d'un instant propice et me dirigeai vers le pavillon.

Dans le salon, la vieille princesse m'accueillit de sa manière habituelle, sale et négligente.

« Qu'ont donc les vôtres, monsieur, à décaniller si tôt ? » dit-elle en se bourrant les deux narines de tabac.

Je la regardai et je me sentis soulagé. Les mots « lettre de change », prononcés par Philippe, me tourmentaient. Elle ne soupçonnait rien... en tout cas c'est ce qu'il me sembla alors. Zénaïde sortit de la pièce voisine, elle portait une robe noire, elle était blême, avait les cheveux dénoués ; elle me prit par la main en silence et m'emmena avec elle.

« J'ai entendu votre voix, commença-t-elle, et suis venue tout de suite. Et il vous était si facile de nous quitter, méchant garçon ?

— Je viens vous dire adieu, princesse, lui répondis-je, vraisemblablement pour toujours. Vous avez sans doute entendu dire que nous partions. »

Zénaïde me regarda fixement.

« Oui, je l'ai entendu dire. Merci d'être venu. Je pensais déjà que je ne vous verrais plus. Ne gardez pas un mauvais souvenir de moi. Je vous ai parfois tourmenté ; mais, pourtant, je ne suis pas comme vous l'imaginez. »

Elle se détourna et s'appuya contre la fenêtre.

« Vraiment, je ne suis pas ainsi. Je sais que vous pensez du mal de moi.

— Moi ?

— Oui, vous... vous.

— Я? — повторил я горестно, и сердце у меня задрожало по-прежнему под влиянием неотразимого, невыразимого обаяния. — Я? Поверьте, Зинаида Александровна, что бы вы ни сделали, как бы вы ни мучили меня, я буду любить и обожать вас до конца дней моих.

Она быстро обернулась ко мне и, раскрыв широко руки, обняла мою голову и крепко и горячо поцеловала меня. Бог знает, кого искал этот долгий, прощальный поцелуй, но я жадно вкусил его сладость. Я знал, что он уже никогда не повторится.

— Прощайте, прощайте, — твердил я...

Она вырвалась и ушла. И я удалился. Я не в состоянии передать чувство, с которым я удалился. Я бы не желал, чтобы оно когда-нибудь повторилось; но я почел бы себя несчастливым, если бы я никогда его не испытал.

Мы переехали в город. Не скоро я отделался от прошедшего, не скоро принялся за работу. Рана моя медленно заживала; но собственно против отца у меня не было никакого дурного чувства. Напротив: он как будто еще вырос в моих глазах... Пускай психологи объяснят это противоречие, как знают. Однажды я шел по бульвару и, к неописанной моей радости, столкнулся с Лушиным. Я его любил за его прямой и нелицемерный нрав, да притом он был мне дорог по воспоминаниям, которые он во мне возбуждал. Я бросился к нему.

— Moi ? » répétai-je avec chagrin et mon cœur palpita comme auparavant sous l'influence d'un charme irrésistible, indescriptible. « Moi ? Croyez, Zénaïde Alexandrovna, que, quoi que vous ayez fait, malgré tous les tourments que vous avez pu m'infliger, je vous aimerai et vous adorerai jusqu'à la fin de mes jours. »

Elle se tourna rapidement vers moi et, ouvrant largement les bras, elle étreignit ma tête et m'embrassa avec force et fougue. Dieu sait à qui était destiné ce long baiser d'adieu, mais j'en savourai la douceur avec avidité. Je savais qu'il ne se répéterait plus jamais.

« Adieu, adieu », dis-je...

Elle s'échappa et partit. Et moi aussi, je m'éloignai. Je ne suis pas capable de rendre le sentiment avec lequel je m'éloignai. Je ne souhaiterais pas qu'il se répétât quelque jour ; mais je me considérerais comme malheureux si je ne l'avais jamais éprouvé.

Nous déménageâmes en ville. Je ne me détachai pas tout de suite du passé, je ne me mis pas tout de suite au travail. Ma blessure guérissait lentement ; mais contre mon père en particulier je n'avais aucun mauvais sentiment. Au contraire : il avait encore comme grandi à mes yeux... Que les psychologues expliquent cette contradiction comme ils pourront. Un jour, je marchais sur le boulevard et, à ma joie inexprimable, je tombai sur Louchine. Je l'aimais pour son caractère droit et dépourvu d'hypocrisie, de plus il m'était cher pour les souvenirs qu'il évoquait en moi. Je me jetai à sa rencontre.

— Ага! — промолвил он и нахмурил брови. — Это вы, молодой человек! Покажите-ка себя. Вы всё еще желты, а все-таки в глазах нет прежней дряни. Человеком смотрите, не комнатной собачкой. Это хорошо. Ну, что же вы? работаете?

Я вздохнул. Лгать мне не хотелось, а правду сказать я стыдился.

— Ну, ничего, — продолжал Лушин, — не робейте. Главное дело: жить нормально и не поддаваться увлечениям. А то что пользы? Куда бы волна ни понесла — всё худо; человек хоть на камне стой, да на своих ногах. Я вот кашляю... а Беловзоров — слыхали вы?

— Что такое? нет.

— Без вести пропал; говорят, на Кавказ уехал. Урок вам, молодой человек. А вся штука оттого, что не умеют во-время расстаться, разорвать сети. Вот вы, кажется, выскочили благополучно. Смотрите же, не попадитесь опять. Прощайте.

«Не попадусь... — думал я, — не увижу ее больше»; но мне было суждено еще раз увидеть Зинаиду.

XXI

Отец мой каждый день выез жал верхом; у него была славная рыже-чалая английская лошадь, с длинной тонкой шеей и длинными ногами,

« Aha ! » dit-il et il fronça les sourcils. « C'est vous, jeune homme ! Montrez-vous un peu. Vous avez encore le teint jaune, mais vous n'avez plus dans les yeux l'ancien éclat malsain. Vous paraissez un être humain, et non pas un petit chien de salon. C'est bien. Alors, que devenez-vous ? Travaillez-vous ? »

Je soupirai. Je n'avais pas envie de mentir et j'étais gêné de dire la vérité.

« Allons, cela ne fait rien, continua Louchine, n'ayez pas peur. Le principal est de vivre normalement et de ne pas se livrer aux entraînements de la passion. Qu'y a-t-il d'utile là-dedans ? Où que la vague nous entraîne, c'est mauvais ; il faut qu'un homme se trouve un roc et y tienne bon sur ses pieds. Moi, voyez, je tousse... et Biélovzorov, vous savez ?

— Quoi donc ? non.

— Il a disparu sans laisser de traces ; on dit qu'il est parti pour le Caucase. Une leçon pour vous, jeune homme. Et tout cela parce qu'on ne sait pas se séparer à temps, rompre ses liens. Vous, par exemple, vous semblez vous en être bien tiré. Attention à ne pas vous laisser prendre encore. Adieu. »

« Je ne me laisserai pas prendre, pensais-je, je ne la reverrai plus » ; mais il était écrit que je reverrais encore une fois Zénaïde.

XXI

Mon père montait tous les jours à cheval ; il avait un merveilleux cheval anglais, un alezan grivelé, avec une longue et fine encolure et de longues

неутомимая и злая. Ее звали Электрик. Кроме отца, на ней никто ездить не мог. Однажды он пришел ко мне в добром расположении духа, чего с ним давно не бывало; он собирался выехать и уже надел шпоры. Я стал просить его взять меня с собою.

— Давай лучше играть в чехарду, — отвечал мне отец, — а то ты на своем клепере за мной не поспеешь.

— Поспею; я тоже шпоры надену.

— Ну, пожалуй.

Мы отправились. У меня был вороненький, косматый конек, крепкий на ноги и довольно резвый; правда, ему приходилось скакать во все лопатки, когда Электрик шел полной рысью, но я все-таки не отставал. Я не видывал всадника, подобного отцу; он сидел так красиво и небрежно-ловко, что, казалось, сама лошадь под ним это чувствовала и щеголяла им. Мы проехали по всем бульварам, побывали на Девичьем поле, перепрыгнули через несколько заборов (сперва я боялся прыгать, но отец презирал робких людей, — и я перестал бояться), переехали дважды через Москву-реку — и я уже думал, что мы возвращаемся домой, тем более что сам отец заметил, что лошадь моя устала, как вдруг он повернул от меня в сторону от

19. Le Champ des Vierges était un lieu de promenade dont l'extrémité sud aboutissait au Nouveau monastère des Vierges.

20. Jusque vers 1840, les Moscovites appelaient encore « Gué de Crimée » la rue qui portait et porte encore le nom de

jambes, c'était une bête infatigable et méchante. Il s'appelait Electrik. À part mon père, personne ne pouvait le monter. Un jour, mon père vint me voir de bonne humeur, ce qui ne lui était pas arrivé depuis longtemps ; il se préparait à partir et avait déjà mis ses éperons. Je lui demandai de me prendre avec lui.

« Il vaut mieux jouer à saute-mouton, me répondit mon père, avec ton klepper tu ne pourras pas me suivre.

— Si ; je vais mettre aussi des éperons.

— Bon, si tu veux. »

Nous partîmes. J'avais un petit cheval poilu, un moreau, solide sur ses jambes et assez vif ; il est vrai qu'il devait galoper de toutes ses forces quand Electrik allait au grand trot, mais je ne me laissais pas distancer. Je n'ai jamais vu un cavalier comme mon père ; il se tenait en selle avec tant de grâce habile et nonchalante que le cheval lui-même semblait le sentir et faire parade de son cavalier. Nous parcourûmes tous les boulevards, allâmes au Champ des Vierges[19], sautâmes quelques palissades (au début j'avais peur de sauter, mais mon père méprisait les timorés et je cessai d'avoir peur), traversâmes deux fois la Moskowa ; je pensais déjà que nous rentrions à la maison, d'autant plus que mon père lui-même avait remarqué que mon cheval était fatigué, quand soudain il s'écarta de moi, tourna du côté opposé au gué de Crimée[20] et

« Rempart de Crimée » et qui allait du pont de Crimée à la place de Kalouga (actuellement place d'Octobre). Le rempart, construit à la fin du XVIe siècle contre les incursions tatares, avait été détruit à cet endroit vers 1820.

Крымского броду и поскакал вдоль берега. Я пустился вслед за ним. Поравнявшись с высокой грудой сложенных старых бревен, он проворно соскочил с Электрика, велел мне слезть и, отдав мне поводья своего коня, сказал, чтобы я подождал его тут же, у бревен, а сам повернул в небольшой переулок и исчез. Я принялся расхаживать взад и вперед вдоль берега, ведя за собой лошадей и бранясь с Электриком, который на ходу то и дело дергал головой, встряхивался, фыркал, ржал; а когда я останавливался, попеременно рыл копытом землю, с визгом кусал моего клепера в шею, словом, вел себя как избалованный pur sang. Отец не возвращался. От реки несло неприятной сыростью; мелкий дождик тихонько набежал и испестрил крошечными темными пятнами сильно надоевшие мне глупые серые бревна, около которых я скитался. Тоска меня брала, а отца всё не было. Какой-то будочник из чухонцев, тоже весь серый, с огромным старым кивером в виде горшка на голове и с алебардой (зачем, кажется, было будочнику находиться на берегу Москвы-реки!), приблизился ко мне и, обратив ко мне свое старушечье, сморщенное лицо, промолвил:

— Что вы здесь делаете с лошадьми, барчук? Дайте-ка я подержу.

Я не отвечал ему; он попросил у меня табаку. Чтобы отвязаться от него (к тому же нетерпение меня мучило), я сделал несколько шагов по тому направлению, куда удалился отец; потом прошел переулочек до конца, повернул за угол и остановился. На улице, в сорока шагах

se mit à galoper le long de la berge. Je me précipitai derrière lui. Arrivé à la hauteur d'un grand tas de vieux rondins empilés, il sauta agilement à bas d'Electrik, m'ordonna de descendre et, me donnant les rênes de son cheval, il me dit de l'attendre là, près des rondins ; puis il tourna dans une petite rue et disparut. Je me mis à marcher de long en large sur la berge, menant les chevaux derrière moi et grondant Electrik qui, en marchant, ne cessait de tendre le cou, se secouer, s'ébrouer, hennir ; et quand je m'arrêtais, il frappait tour à tour le sol de son sabot et mordait mon klepper au cou en criant, bref se conduisait comme un *pur-sang* capricieux. Mon père ne revenait pas. Une humidité désagréable montait du fleuve ; une petite pluie fine tomba doucement et marqua de minuscules taches sombres les stupides rondins gris près desquels j'errais et dont j'étais excédé. La mélancolie me prenait et mon père n'était toujours pas là. Un garde finnois, tout gris lui aussi, un vieux shako énorme, en forme de pot, sur la tête et sa hallebarde sur l'épaule (on se demande bien ce qu'un garde pouvait faire sur la berge de la Moskowa !), s'approcha et, tournant vers moi son visage ridé de vieille femme, me dit :

« Que faites-vous donc ici avec des chevaux, mon petit monsieur ? Donnez, je vais les tenir. »

Je ne lui répondis pas ; il me demanda du tabac. Pour m'en défaire (de plus l'impatience me tourmentait), je fis quelques pas dans la direction qu'avait prise mon père ; puis je parcourus la petite rue jusqu'au bout, tournai le coin et m'arrêtai. Dans la rue, à quarante pas de moi, devant la

от меня, пред раскрытым окном деревянного домика, спиной ко мне стоял мой отец; он опирался грудью на оконницу, а в домике, до половины скрытая занавеской, сидела женщина в темном платье и разговаривала с отцом; эта женщина была Зинаида.

Я остолбенел. Этого я, признаюсь, никак не ожидал. Первым движением моим было убежать. «Отец оглянется, — подумал я, — и я пропал...». Но странное чувство, чувство сильнее любопытства, сильнее даже ревности, сильнее страха — остановило меня. Я стал глядеть, я силился прислушаться. Казалось, отец настаивал на чем-то. Зинаида не соглашалась. Я как теперь вижу ее лицо — печальное, серьезное, красивое и с непередаваемым отпечатком преданности, грусти, любви и какого-то отчаяния — я другого слова подобрать не могу. Она произносила односложные слова, не поднимала глаз и только улыбалась — покорно и упрямо. По одной этой улыбке я узнал мою прежнюю Зинаиду. Отец повел плечами и поправил шляпу на голове, что у него всегда служило признаком нетерпения... Потом послышались слова: «Vous devez vous séparer de cette...» Зинаида выпрямилась и протянула руку... Вдруг в глазах моих совершилось невероятное дело: отец внезапно поднял хлыст, которым сбивал пыль с полы своего сюртука, — и послышался резкий удар по этой обнаженной до локтя руке. Я едва удержался, чтобы не вскрикнуть, а Зинаида вздрогнула, молча посмотрела на

fenêtre ouverte d'une petite maison de bois, me tournant le dos, se tenait mon père ; sa poitrine était appuyée contre le rebord de la fenêtre et dans la maison était assise une femme habillée d'une robe sombre, à demi cachée par un rideau ; elle parlait avec mon père ; cette femme était Zénaïde.

Je fus stupéfait. Je le reconnais, je ne m'y attendais aucunement. Mon premier mouvement fut de fuir. « Mon père va se retourner, pensai-je, et je serai perdu... » Mais un sentiment étrange, un sentiment plus fort que la curiosité, plus fort même que la jalousie, plus fort que la peur, m'arrêta. Je me mis à regarder, je m'efforçai d'entendre. Mon père, semblait-il, insistait sur quelque chose. Zénaïde ne voulait pas. Je revois encore son visage, triste, grave, ravissant et portant la marque indicible d'un dévouement sans bornes, du chagrin, de l'amour et d'une sorte de désespoir, je ne puis trouver un autre mot. Elle ne parlait que par monosyllabes, ne levait pas les yeux et se contentait de sourire, d'un air soumis et entêté. À ce seul sourire je reconnus ma Zénaïde d'autrefois. Mon père haussa les épaules et redressa son chapeau sur sa tête, ce qui était toujours chez lui un signe d'impatience... Puis j'entendis ces mots : *Vous devez vous séparer de cette...*, Zénaïde se redressa et tendit le bras... Soudain, devant mes yeux, s'accomplit une chose incroyable : mon père leva soudain sa cravache avec laquelle il tapait le pan de sa redingote pour en faire tomber la poussière et j'entendis le coup violent qui cingla ce bras dénudé jusqu'au coude. J'eus du mal à me retenir pour ne pas pousser un cri, Zénaïde sursauta,

моего отца и, медленно поднеся свою руку к губам, поцеловала заалевшийся на ней рубец. Отец швырнул в сторону хлыст и, торопливо взбежав на ступеньки крылечка, ворвался в дом... Зинаида обернулась — и, протянув руки, закинув голову, тоже отошла от окна.

С замиранием испуга, с каким-то ужасом недоумения на сердце бросился я назад и, пробежав переулок, чуть не упустив Электрика, вернулся на берег реки. Я не мог ничего сообразить. Я знал, что на моего холодного и сдержанного отца находили иногда порывы бешенства, и все-таки я никак не мог понять, что я такое видел... Но я тут же почувствовал, что, сколько бы я ни жил, забыть это движение, взгляд, улыбку Зинаиды было для меня навсегда невозможно, что образ ее, этот новый, внезапно представший передо мною образ, навсегда запечатлелся в моей памяти. Я глядел бессмысленно на реку и не замечал, что у меня слезы лились. «Ее бьют, думал я, — бьют... бьют...».

— Ну, что же ты — давай мне лошадь! — раздался за мной голос отца.

Я машинально подал ему поводья. Он вскочил на Электрика... Прозябший конь взвился на дыбы и прыгнул вперед на полторы сажени... но скоро отец укротил его; он вонзил ему шпоры в бока и ударил его кулаком по шее... «Эх, хлыста нету», — пробормотал он.

Я вспомнил недавний свист и удар этого самого хлыста и содрогнулся.

regarda mon père en silence et, portant lentement son bras à ses lèvres, embrassa la trace cramoisie. Mon père jeta sa cravache et, montant en hâte les marches du perron, bondit dans la maison... Zénaïde se retourna et, les bras tendus, la tête rejetée en arrière, s'éloigna aussi de la fenêtre.

Glacé d'effroi, terrifié et ne sachant que penser, je retournai vivement sur mes pas, parcourus la petite rue, faillis laisser partir Electrik et revins sur la berge du fleuve. Je ne pouvais rien comprendre. Je savais que mon père, malgré sa froideur et sa retenue, avait parfois des accès de rage et pourtant je ne pouvais rien comprendre à ce que j'avais vu... Mais je sentis aussitôt que, de toute ma vie, il me serait impossible d'oublier ce geste, ce regard, ce sourire de Zénaïde, que son image, cette image nouvelle qui avait brusquement surgi devant moi, s'était imprimée pour toujours dans ma mémoire. Je regardais le fleuve sans rien voir et ne remarquais pas les larmes qui coulaient sur mes joues. « On la frappe, pensais-je, on la frappe... on la frappe... »

« Eh bien, que fais-tu ? donne-moi mon cheval ! » dit mon père derrière moi.

Je lui tendis machinalement les rênes. Il bondit sur Electrik... Le cheval transi se cabra et fit un bond en avant d'une sagène et demie... mais bientôt mon père le maîtrisa ; il lui enfonça ses éperons dans les flancs et lui frappa le cou du poing... « Ah, je n'ai pas de cravache », murmura-t-il.

Je me souvins du sifflement et du coup porté par cette même cravache il y avait quelques instants et sursautai.

— Куда ж ты дел его? — спросил я отца погодя немного.

Отец не отвечал мне и поскакал вперед. Я нагнал его. Мне непременно хотелось видеть его лицо.

— Ты соскучился без меня? — проговорил он сквозь зубы.

— Немножко. Где же ты уронил свой хлыст? — спросил я его опять.

Отец быстро глянул на меня.

— Я его не уронил, — промолвил он, — я его бросил.

Он задумался и опустил голову... И тут-то я в первый и едва ли не в последний раз увидел, сколько нежности и сожаления могли выразить его строгие черты.

Он опять поскакал, и уж я не мог его догнать; я приехал домой четверть часа после него.

«Вот это любовь, — говорил я себе снова, сидя ночью перед своим письменным столом, на котором уже пачали появляться тетради и книги, — это страсть!.. Как, кажется, не возмутиться, как снести удар от какой бы то ни было!.. от самой милой руки! А, видно, можно, если любишь... А я-то... я-то воображал...»

Последний месяц меня очень состарил — и моя любовь, со всеми своими волнениями и страданиями, показалась мне самому чем-то таким маленьким, и детским, и мизерным перед тем другим, неизвестным чем-то, о котором я едва мог догадываться и которое меня пугало, как незнакомое, красивое, но грозное лицо, которое напрасно силишься разглядеть в полумраке...

« Où donc l'as-tu fourrée ? » demandai-je à mon père au bout d'un moment.

Mon père ne me répondit pas et se mit à galoper. Je le rattrapai. Je voulais absolument voir son visage.

« Tu t'es ennuyé sans moi ? dit-il entre ses dents.

— Un peu. Où donc as-tu laissé tomber ta cravache ? » lui demandai-je à nouveau.

Mon père me jeta un regard rapide.

« Je ne l'ai pas laissée tomber, dit-il, je l'ai jetée. »

Il se plongea dans ses pensées et baissa la tête... Et à cet instant, pour la première et presque la dernière fois, je vis combien de tendresse et de regret pouvaient exprimer les traits sévères de son visage.

Il se mit à galoper et, cette fois-là, je ne pus le rattraper ; j'arrivai à la maison un quart d'heure après lui.

« C'est cela, l'amour, me disais-je à nouveau, assis la nuit devant mon bureau, sur lequel avaient réapparu des cahiers et des livres, c'est cela la passion !... Comment peut-on ne pas se révolter, comment peut-on supporter un coup porté par quelqu'un !... par la main la plus chère ! Il faut croire qu'on le peut si on aime... Et moi qui... moi qui imaginais... »

Le dernier mois m'avait beaucoup mûri et mon amour, avec tous ses émois et toutes ses souffrances, me parut à moi-même comme quelque chose de si petit, si puéril, si misérable devant cet autre sentiment inconnu que je pouvais à peine deviner et qui m'effrayait comme un visage inconnu, beau, mais menaçant que l'on s'efforce en vain de distinguer dans le demi-jour...

Странный и страшный сон мне приснился в эту самую ночь. Мне чудилось, что я вхожу в низкую темную комнату... Отец стоит с хлыстом в руке и топает ногами; в углу прижалась Зинаида, и не на руке, а на лбу у ней красная черта... А сзади их обоих поднимается весь окровавленный Беловзоров, раскрывает бледные губы и гневно грозит отцу.

Два месяца спустя я поступил в университет, а через полгода отец мой скончался (от удара) в Петербурге, куда только что переселился с моей матерью и со мною. За несколько дней до своей смерти он получил письмо из Москвы, которое его чрезвычайно взволновало... Он ходил просить о чем-то матушку и, говорят, даже заплакал, он, мой отец! В самое утро того дня, когда с ним сделался удар, он начал было письмо ко мне на французском языке. «Сын мой, — писал он мне, — бойся женской любви, бойся этого счастья, этой отравы...» Матушка после его кончины послала довольно значительную сумму денег в Москву.

XXII

Прошло года четыре. Я только что вышел из университета и не знал еще хорошенько, что мне начать с собою, в какую дверь стучаться: шлялся пока без дела. В один прекрасный вечер я в театре встретил Майданова. Он успел жениться и поступить на службу; но я не нашел

Je fis cette nuit-là un rêve étrange et terrible. Il me semblait que j'entrais dans une pièce basse et sombre... Mon père se tenait debout, la cravache à la main, et tapait du pied ; Zénaïde était blottie dans un coin et non sur son bras, mais sur son front il y avait un trait rouge... Derrière eux deux se dressait Biélovzorov tout ensanglanté, il ouvrait ses lèvres blêmes et menaçait mon père avec colère.

Deux mois plus tard, j'entrai à l'université et au bout de six mois, mon père mourut (d'une attaque) à Pétersbourg où il venait juste de s'installer avec ma mère et moi. Quelques jours avant sa mort, il avait reçu une lettre de Moscou qui l'avait extraordinairement agité... Il était allé demander quelque chose à ma mère et on dit qu'il avait même pleuré, lui, mon père ! Le matin même du jour où il eut cette attaque, il avait commencé une lettre pour moi en français. « Mon fils, m'écrivait-il, crains l'amour des femmes, crains ce bonheur, ce poison... » Après sa mort, ma mère envoya une somme assez importante à Moscou.

XXII

Quatre ans, environ, passèrent. Je venais de terminer mes études à l'université et ne savais pas encore très bien qu'entreprendre, à quelle porte frapper ; pour le moment, je traînais sans rien faire. Un beau soir, au théâtre, je rencontrai Maïdanov. Il avait eu le temps de se marier et de devenir fonctionnaire ; mais je ne le trouvai pas

в нем перемены. Он так же ненужно восторгался и так же внезапно падал духом.

— Вы знаете, — сказал он мне, — между прочим, госпожа Дольская здесь.

— Какая госпожа Дольская?

— Вы разве забыли? бывшая княжна Засекина, в которую мы все были влюблены, да и вы тоже. Помните, на даче, возле Нескучного.

— Она замужем за Дольским?

— Да.

— И она здесь, в театре?

— Нет, в Петербурге, она на днях сюда приехала; собирается за границу.

— Что за человек ее муж? — спросил я.

— Прекрасный малый, с состоянием. Сослуживец мой московский. Вы понимаете — после той истории... вам это всё должно быть хорошо известно (Майданов значительно улыбнулся)... ей не легко было составить себе партию; были последствия... но с ее умом всё возможно. Ступайте к ней: она вам будет очень рада. Она еще похорошела.

Майданов дал мне адрес Зинаиды. Она остановилась в гостинице Демут. Старые воспоминания во мне расшевелились... я дал себе слово на другой же день посетить бывшую мою «пассию». Но встретились какие-то дела; прошла неделя, другая, и когда я, наконец, отправился

21. L'hôtel Demouth portait le nom de son premier propriétaire, Philippe Jacob Demouth (1750-1802) ; il se trouvait sur la Moïka, près du pont Vert (puis pont de la Police, actuelle-

changé. Il s'enthousiasmait toujours sans raison et se décourageait toujours aussi soudainement.

« À propos, me dit-il, savez-vous que madame Dolski est ici ?

— Quelle madame Dolski ?

— Se peut-il que vous ayez oublié ? l'ex-princesse Zassiékine de qui nous étions tous amoureux, et vous aussi. Rappelez-vous, à la campagne, près du parc Niéskoutchny.

— Elle est mariée à un Dolski ?

— Oui.

— Et elle est ici, au théâtre ?

— Non, mais elle est à Pétersbourg, elle est arrivée ici il y a quelques jours ; elle se prépare à partir pour l'étranger.

— Quel homme est son mari ? demandai-je.

— Un homme charmant, avec de la fortune. Un de mes collègues de Moscou. Vous comprenez, après cette histoire... tout cela doit vous être bien connu (Maïdanov sourit d'un air entendu)... il ne lui était pas facile de trouver un parti ; il y a eu des suites... mais avec son esprit tout est possible. Allez la voir : elle sera très contente de vous voir. Elle a encore embelli. »

Maïdanov me donna l'adresse de Zénaïde. Elle était descendue à l'hôtel Demouth[21]. De vieux souvenirs remuèrent en moi... Je me promis d'aller rendre visite le lendemain même à mon ancienne « passion ». Mais j'eus diverses choses à faire ; une semaine passa, puis une autre et quand, enfin,

ment pont du Peuple), en plein centre de la ville, tout près de la perspective Nievski.

в гостиницу Демут и спросил госпожу Дольскую — я узнал, что она четыре дня тому назад умерла почти внезапно от родов.

Меня как будто что-то в сердце толкнуло. Мысль, что я мог ее увидеть и не увидел и не увижу ее никогда, — эта горькая мысль впилась в меня со всею силою неотразимого упрека. «Умерла!» — повторил я, тупо глядя на швейцара, тихо выбрался на улицу и пошел не зная сам куда. Всё прошедшее разом всплыло и встало передо мною. И вот чем разрешилась, вот к чему, спеша и волнуясь, стремилась эта молодая, горячая, блистательная жизнь! Я это думал, я воображал себе эти дорогие черты, эти глаза, эти кудри — в тесном ящике, в сырой подземной тьме — тут же, недалеко от меня, пока еще живого, и, может быть, в нескольких шагах от моего отца... Я всё это думал, я напрягал свое воображение, а между тем:

Из равнодушных уст я слышал смерти весть,
И равнодушно ей внимал я, —

звучало у меня в душе. О молодость! молодость! тебе нет ни до чего дела, ты как будто бы обладаешь всеми сокровищами вселенной, даже грусть тебя тешит, даже печаль тебе к лицу, ты самоуверенна и дерзка, ты говоришь:

22. Ces vers sont extraits d'une poésie de Pouchkine, écrite en 1826 à l'occasion de la mort d'une jeune Italienne, Amalia Riznitch, femme d'un négociant de Trieste établi à Odessa où la connut Pouchkine en 1823. Il eut pour elle une passion violente. Elle retourna en Italie où elle mourut en 1825. Le

j'allai à l'hôtel Demouth et demandai madame Dolski, j'appris que quatre jours auparavant, elle était morte, presque subitement, en couches.

J'eus comme un coup au cœur. La pensée que j'aurais pu la voir et ne l'avais pas vue, et que je ne la reverrais plus jamais, cette pensée amère s'enfonça en moi avec toute la force d'un reproche irrésistible. « Elle est morte ! » répétai-je, regardant le portier d'un air stupide ; je sortis doucement dans la rue et m'en allai sans savoir où. Tout le passé surgit d'un coup, passa devant mes yeux. Et voilà comment s'est terminée, voilà où se précipitait, dans la hâte et l'émoi, cette jeune vie, ardente, brillante ! Je pensais cela, je m'imaginais ces traits chéris, ces yeux, ces boucles, dans une caisse étroite, dans l'obscurité humide sous la terre, là, non loin de moi qui étais encore vivant et, peut-être, à quelques pas de mon père... Je pensais tout cela, je tendais mon imagination et cependant :

Des lèvres indifférentes m'ont appris la nouvelle de sa [mort,
Et je l'ai entendue, indifférent[22].

Ces vers résonnaient dans mon cœur. Ô jeunesse ! jeunesse ! tu n'as cure de rien, tu sembles posséder tous les trésors de l'univers, même la tristesse t'amuse, même le chagrin te va bien, tu es sûre de toi et téméraire, tu dis : moi seule je vis, regardez !

poète n'apprit sa mort qu'en 1826 et écrivit alors l'admirable élégie :

Sous le ciel bleu de son pays natal
Elle languissait et se fanait [...].

я одна живу — смотрите! а у самой дни бегут и исчезают без следа и без счета, и всё в тебе исчезает, как воск на солнце, как снег... И, может быть, вся тайна твоей прелести состоит не в возможности всё сделать, а в возможности думать, что ты всё сделаешь, — состоит именно в том, что ты пускаешь по ветру силы, которые ни на что другое употребить бы не умела, — в том, что каждый из нас не шутя считает себя расточителем, не шутя полагает, что он вправе сказать: «О, что бы я сделал, если б я не потерял времени даром!»

Вот и я... на что я надеялся, чего я ожидал, какую богатую будущность предвидел, когда едва проводил одним вздохом, одним унылым ощущением на миг возникший призрак моей первой любви?

А что сбылось из всего того, на что я надеялся? И теперь, когда уже на жизнь мою начинают набегать вечерние тени, что у меня осталось более свежего, более дорогого, чем воспоминания о той быстро пролетевшей, утренней, весенней грозе?

Но я напрасно клевещу на себя. И тогда, в то легкомысленное молодое время, я не остался глух на печальный голос, воззвавший ко мне, на торжественный звук, долетевший до меня из-за могилы. Помнится, несколько дней спустя после того дня, когда я узнал о смерти Зинаиды, я сам, по собственному неотразимому влечению, присутствовал при смерти одной бедной старушки, жившей в одном с нами доме. Покрытая лохмотьями, на жестких досках, с мешком

mais tes jours fuient et disparaissent sans qu'on s'en aperçoive et sans laisser de traces, et tout en toi disparaît comme la cire au soleil, comme la neige... Et peut-être que tout le secret de ton charme réside non dans la possibilité de tout faire, mais dans la possibilité de penser que tu feras tout, peut-être qu'il réside justement dans le fait que tu disperses au vent les forces que tu n'aurais pas su employer à quelque chose d'autre, dans le fait que chacun de nous se considère sérieusement comme un dilapidateur, pense sérieusement qu'il est en droit de dire : « Oh ! qu'aurais-je fait si je n'avais pas gaspillé mon temps ! »

Moi, par exemple... qu'espérais-je, qu'attendais-je, quel riche avenir prévoyais-je quand j'accordais à peine un seul soupir, un seul moment de mélancolie au fantôme, surgi pour un instant, de mon premier amour ?

Et qu'est-il advenu de tout ce que j'espérais ? Maintenant que sur ma vie commencent déjà à passer les ombres du soir, que me reste-t-il de plus frais, de plus cher que les souvenirs de cet orage d'un matin de printemps, vite enfui ?

Mais je me calomnie en vain. Même alors, en ce temps de ma jeunesse étourdie, je ne suis pas resté sourd à la voix triste qui faisait appel à moi, au son solennel qui me parvenait d'outre-tombe. Je me souviens que quelques jours après que j'eus appris la mort de Zénaïde, je tins absolument à assister à la mort d'une pauvre vieille qui vivait dans la même maison que nous. Couverte de haillons, couchée sur des planches dures, un sac pour tout oreiller sous la tête, elle eut une agonie pénible et

под головою, она трудно и тяжело кончалась. Вся жизнь ее прошла в горькой борьбе с ежедневной нуждою; не видела она радости, не вкушала от меду счастия — казалось, как бы ей не обрадоваться смерти, ее свободе, ее покою? А между тем, пока ее ветхое тело еще упорствовало, пока грудь еще мучительно вздымалась под налегшей на нее леденящей рукою, пока ее не покинули последние силы, — старушка всё крестилась и всё шептала: «Господи, отпусти мне грехи мои», — и только с последней искрой сознания исчезло в ее глазах выражение страха и ужаса кончины. И помню я, что тут, у одра этой бедной старушки, мне стало страшно за Зинаиду, и захотелось мне помолиться за нее, за отца — и за себя.

23. Pour l'édition française de 1863 (Paris, Dentu), Tourguéniev ajouta l'épilogue suivant (voir l'Introduction, p. 18) :

La lecture finie, Vladimir Pétrovitch baissa la tête comme dans l'attente d'une première parole. Mais ni Sergueï Nikolaïévitch ni le maître de la maison ne rompirent le silence. Vladimir, lui-même, ne levait pas les yeux de son cahier.

— Je crois m'apercevoir, messieurs, dit-il enfin, avec un sourire contraint, que ma confession vous a plu médiocrement.

— Non, répondit Sergueï Nikolaïévitch. Mais...

— Quoi ? mais ?...

— Je veux dire que nous vivons dans un temps étrange, et que nous sommes nous-mêmes d'étranges gens.

— En quoi ?

— Oui, nous sommes d'étranges gens, répéta Sergueï Nikolaïévitch. — Vous n'avez rien ajouté à ce que vous nommez votre confession, n'est-ce pas ?

— Rien.

— Hum ! — Cela se voit du reste. Eh bien ! — il me semble qu'en Russie seulement...

— Une pareille histoire est possible ? interrompit Vladimir ; allons donc !

— Vous ne m'avez pas laissé finir ma phrase. Je voulais dire qu'en Russie seulement, un pareil récit est possible.

Vladimir se tut un instant. — Quelle est votre opinion à vous ? demanda-t-il, en se tournant vers le maître de la maison.

douloureuse. Toute sa vie s'était passée dans une lutte amère contre la misère quotidienne ; elle n'avait pas connu de joie, elle n'avait pas goûté au miel du bonheur, comment, semble-t-il, ne se serait-elle pas réjouie de la mort, de la liberté, du repos qu'elle donne ? Et pourtant, tant que son corps vétuste s'obstina encore, tant que sa poitrine se souleva encore douloureusement sous la main glaçante qui l'oppressait, tant que ses dernières forces ne l'eurent pas abandonnée, la vieille continua à se signer et à murmurer : « Seigneur, délivre-moi de mes péchés ! » et ce n'est qu'avec la dernière étincelle de conscience que disparut de ses yeux l'expression de peur et d'horreur devant la fin. Et je me souviens que, là, au chevet de cette pauvre vieille, j'eus peur pour Zénaïde et j'eus envie de prier pour elle, pour mon père... et pour moi[23].

— Je suis de l'avis de Sergueï Nikolaïévitch, répondit celui-ci ; mais ne vous effrayez point. Nous ne voulons pas dire par là que vous soyez un homme pervers, — au contraire. Nous voulons dire que les conditions sociales, au milieu desquelles nous avons tous grandi, se sont formées chez nous d'une façon toute spéciale, qui n'avait jamais été et qui, probablement, ne sera plus jamais. — Votre récit simple et *dépouillé d'artifice* nous a inspiré une sorte d'effroi. — Non qu'il nous ait choqué comme immoral : il recèle quelque chose de plus sombre et de plus profond qu'une simple immoralité. Personnellement, vous êtes à l'abri de tout reproche, n'ayant commis aucune faute. Mais, à chaque ligne de votre récit, perce je ne sais quelle faute générale, commune à tout un peuple, que j'oserais presque appeler un crime national.

— Oh ! quel grand mot pour une petite chose ! fit observer Vladimir.

— Le cas est petit, la chose ne l'est point. Il y a, je le répète, et vous le sentez vous-même, il y a, comme le dit un certain soldat, dans *Hamlet* :

Something rotten in the state of Denmark.

— Espérons, en tout cas, que nos enfants auront autre chose à raconter de leur jeunesse, et qu'ils le raconteront autrement.

CHRONOLOGIE

1818 : Naissance à Orel d'Ivan Tourguéniev, deuxième fils de Serge et de Barbe, née Loutovinov.

1818-1833 : L'enfance.

Le père, officier de la Garde, prend sa retraite en 1821, et la famille s'installe dans la riche propriété de Spasskoïé qui appartient à la mère. Voyage familial en Europe en 1822-1823. En 1827 les Tourguéniev s'installent à Moscou ; Tourguéniev y fait ses études secondaires comme externe de pensions privées, puis avec des précepteurs à domicile. L'été de 1833 il vit son « premier amour ».

1833-1837 : L'adolescence romantique.

Tourguéniev a découvert la poésie allemande et Byron ; il écrit des vers, et particulièrement, en 1836, un poème dramatique dans le style de Byron, *Steno*. Admis en 1833 à l'université de Moscou, il obtient au bout d'un trimestre son transfert à celle de Saint-Pétersbourg, en « faculté de Philologie » ; il termine brillamment ce *cursus* en 1836. Son père est mort en 1834. En 1836 il a assisté à la première représentation du *Révizor* de Gogol. En 1837 il est présent aux funérailles de Pouchkine.

1838-1841 : La découverte de l'Europe

Tourguéniev part pour Berlin afin d'y compléter sa formation. Le bateau sur lequel il embarque à Stettin, en 1838, est ravagé par un incendie qui lui fait grand-peur. Il accomplit deux semestres d'études à l'université de Berlin où il s'adonne surtout à la philosophie hégélienne. Entre ces deux semestres, il fait en 1839 un bref séjour

à Spasskoïé pendant lequel ses relations tendues avec sa mère ne s'améliorent pas, et en 1840 il passe trois mois en Italie, auprès du philosophe idéaliste Stankiévitch, dans le cercle duquel il était entré à son arrivée à Berlin, et qui mourra peu après de tuberculose. De retour à Berlin, il se lie d'amitié avec Michel Bakounine.

1841-1843 : La Russie retrouvée.

La situation inchangée de la Russie où Tourguéniev revient après son séjour en Europe le déçoit profondément. En 1841 il prend pour maîtresse, à Spasskoïé, une couturière employée par sa mère, Avdotia Ivanov, qui lui donne en 1842 une fille, Pélagie (plus tard Pauline) ; simultanément il a une intrigue amoureuse platonique avec Tatiana Bakounine, sœur de Michel. En 1842 il soutient brillamment à Saint-Pétersbourg une maîtrise de philosophie, puis fait une dernière escapade à Berlin.

1843-1846 : L'écrivain se cherche.

Durant ces années, Tourguéniev abandonne progressivement la poésie et le lyrisme pour la prose et pour le réalisme. En 1843 il publie un poème narratif, *Paracha*, qui le fait remarquer par le maître à penser de la nouvelle école, le critique réaliste Biélinski, dont il devient l'ami et le disciple. Entré en 1844 comme fonctionnaire au ministère de l'Intérieur, il démissionne en 1845 pour se consacrer au métier d'écrivain. En 1844, sa première œuvre en prose, *André Kolossov*, une nouvelle, paraît dans *Le Contemporain*. A partir de 1846 il deviendra le collaborateur régulier de cette revue littéraire progressiste, avec des poèmes lyriques ou narratifs et d'autres nouvelles. Il entre en relation avec Dostoïevski, Herzen, Gontcharov, Nékrassov, etc.

En 1843, après avoir rompu avec Tatiana Bakounine, Tourguéniev est tombé amoureux de la cantatrice franco-espagnole Pauline Viardot-Garcia qu'il a entendue chanter à Saint-Pétersbourg. En 1845, il fait un voyage en Europe dans son sillage. C'est le début d'un amour qui durera jusqu'à sa mort.

Les orientations que prend la vie de Tourguéniev déplaisent à sa mère, et ses rapports avec elle en sont gravement détériorés.

1847-1850 : En Europe, dans l'orbite de Pauline Viardot.

Tourguéniev s'éloigne délibérément de la Russie, terre du servage, et de sa mère qui, désormais. le privera de

presque tout subside. Au printemps de 1847 il cohabite quelques semaines en Allemagne avec Biélinski qui mourra peu après ; puis il rejoint les Viardot et passe dès lors presque tout son temps à Paris ou à Courtavenel, la propriété des Viardot en Seine-et-Marne. Les journées révolutionnaires de 1848 à Paris l'impressionnent vivement : il partage ces émotions avec Herzen.

En 1847, Tourguéniev a fait paraître dans *Le Contemporain* sa première esquisse paysanne, *Le Putois et Kalinytch* ; le succès qu'elle obtient l'encourage dans sa vocation d'écrivain. Vingt autres esquisses paraîtront dans la même revue entre 1847 et 1851, ainsi que des comédies à partir de 1848 et, en 1850, la nouvelle *Le Journal d'un homme de trop*.

1850-1856 : De l'esquisse au roman.

En 1850, Tourguéniev rentre à Moscou, rappelé par sa mère mourante ; mais une pénible dispute oppose Barbe Pétrovna à ses deux fils qui ne seront pas à son chevet au moment de sa mort. Entré en possession d'une grande fortune, Tourguéniev confie sa fille Pélagie-Pauline à Pauline Viardot qui accepte de veiller à Paris sur son éducation. Créateur désormais reconnu d'esquisses paysannes et de types contemporains tels que « l'homme de trop », il va partager son temps entre Saint-Pétersbourg, Moscou et Spasskoïé. En 1852, apprenant la mort de Gogol, il fait paraître à Moscou (pour déjouer la censure de Saint-Pétersbourg) un article nécrologique jugé subversif ; il est exilé sur ses terres jusqu'à la fin de l'année 1853.

Les Mémoires d'un chasseur (les esquisses paysannes réunies en volume) paraissent en 1852. Tourguéniev occupe son exil à écrire, particulièrement un premier roman, *Deux générations*, qu'il n'achèvera pas et dont il détruira les parties rédigées. En 1854, il a une brève idylle avec sa cousine Olga Tourguéniev ; dans *Le Contemporain*, prépublication des nouvelles *Deux amis*, *Les Eaux tranquilles* et *Moumou*.

En 1855, paraissent dans la même revue la pièce *Un mois à la campagne* (écrite depuis 1854 mais longtemps interdite par la censure) et la nouvelle *L'Auberge de grand chemin*. La même année, Tourguéniev se lie d'amitié avec la comtesse Lambert (voir notre Préface) et fait la connaissance de Tchernychevski ; puis il héberge à Moscou et lance dans les milieux littéraires un brillant débutant,

Léon Tolstoï ; les deux hommes se sépareront bientôt pour incompatibilité de caractères et d'opinions.

En 1856, Tourguéniev s'éprend de Marie Tolstoï, sa voisine de campagne, sœur de Léon et femme d'un autre Tolstoï. La même année, prépublication du roman *Roudine* dans *Le Contemporain* (Tourguéniev doit se défendre d'y avoir caricaturé Michel Bakounine), et de la nouvelle *Faust*. Publication du recueil *Nouvelles et récits d'Ivan Tourguéniev (1844-1856)*. Désormais Tourguéniev collabore aussi avec *Les Annales de la patrie* : il a donné à cette revue *Jacques Passynkov* en 1855, *Une correspondance* en 1856. Enfin autorisé à se rendre en Europe, il passe deux mois idylliques, l'été de 1856, à Courtavenel auprès de Pauline Viardot, puis brusquement découvre qu'il est de trop dans sa vie. A Paris il se lie avec le poète russe Fet et se lance dans le monde des lettres françaises.

1857-1858 : Années de crise.

Délaissé par Pauline Viardot, souffrant d'une douloureuse affection de la vessie, Tourguéniev sombre dans la dépression et détruit ses manuscrits. Il erre entre Paris, Courtavenel, Sinzig (près de Coblence), Rome enfin où il se ressaisit peu à peu, se remet à écrire. De retour à Spasskoïé il achève son second roman, *Nid de gentilhomme*, au printemps de 1858.

En 1858, prépublication de *Assia* dans *Le Contemporain*. La même année paraît en France la première traduction autorisée par l'auteur des *Mémoires d'un chasseur*.

1859-1861 : Le sommet de la carrière.

Tourguéniev mène une vie nomade, il fait alternativement de longs voyages en Europe et de longs séjours en Russie. En 1859, *Nid de gentilhomme* paraît dans *Le Contemporain*, puis en volume, et obtient un immense succès. En 1860, *A la veille*, troisième roman, paraît dans la revue conservatrice *Le Messager russe* : Gontcharov accuse Tourguéniev d'y avoir plagié le roman qu'il a lui-même en chantier depuis longtemps, *Le Ravin*, et se brouille avec lui. *Premier amour* est paru la même année dans la revue *La Bibliothèque de lecture*.

Le Contemporain étant devenu la tribune des jeunes radicaux qui contestent Tourguéniev, celui-ci refuse désormais d'y collaborer ; ce conflit d'opinions et de générations sera transposé dans un nouveau roman, conçu en 1860, *Pères et fils*.

1860-1861 : Première édition des *Œuvres complètes* de Tourguéniev, en 4 volumes. Au printemps de 1861, Tolstoï et Tourguéniev se disputent violemment et se séparent brouillés.
Durant ces années, Tourguéniev a entretenu d'étroites relations avec Herzen, l'exilé de Londres.

1862-1871 : Divorce d'avec le public russe. Baden-Baden.

En 1862, *Pères et fils* paraît dans *Le Messager russe* puis en volume ; ce roman soulève d'abord un tollé chez les progressistes, mais bientôt, dans les polémiques qu'il suscite, se révèle la divergence fondamentale des deux tendances radicales incarnées par Tchernychevski et par Pissarev ; Herzen, de son côté, entame avec l'auteur une polémique par lettres ouvertes. Tout cela affecte Tourguéniev qui décide d'élire domicile à Baden-Baden où Pauline Viardot prend sa retraite de cantatrice ; de là il fait de fréquents voyages à Paris, en Allemagne et, de loin en loin, il se rend en Russie pour de brefs séjours.
En 1863, à Paris, Tourguéniev est invité pour la première fois à un « dîner Magny ». La même année il est impliqué en Russie dans le « Procès des trente-deux », pour ses relations avec les émigrés de Londres ; interrogé en 1864 devant le Sénat, il est blanchi de toute accusation, ce qui excite les soupçons de Herzen, et les deux hommes se brouillent.
En 1864, prépublication de la première nouvelle fantastique de Tourguéniev, *Apparitions*, dans la revue des frères Dostoïevski, *L'Époque*.
En 1865, Tourguéniev marie sa fille à Gaston Bruère, industriel de Rougemont. Il a de graves soucis d'argent : pour doter sa fille, pour se construire une maison à Baden-Baden, il est contraint de vendre des terres en Russie ; il découvre aussi que son oncle paternel a très mal géré Spasskoïé. En 1865, Tourguéniev a prêté 50 thalers à Dostoïevski qui s'est ruiné au jeu à Wiesbaden ; la même année il a rencontré Flaubert pour la première fois (ils avaient correspondu en 1863).
En 1865, édition des *Œuvres complètes* de Tourguéniev en 5 volumes. En 1866, prépublication de la nouvelle fantastique *Le Chien*. En 1867, le roman *Fumée*, auquel Tourguéniev travaillait depuis 1865, paraît dans *Le Messager russe* ; il est très mal accueilli de toutes parts ; Dostoïevski se brouille avec Tourguéniev à son propos ; l'écrivain est accusé de mépriser la Russie et les Russes. Tourguéniev,

que son oncle menace par ailleurs de ruiner, se console auprès de la famille Viardot et compose avec Pauline Viardot des opérettes qui sont jouées à Baden-Baden. En 1869, paraît l'édition des *Œuvres complètes* en 7 volumes, et, en France, le recueil *Nouvelles moscovites*.
En 1870, Tourguéniev est affecté par la mort de Herzen avec qui il a eu le temps de se réconcilier. Il se brouille avec Fet, trop conservateur à son gré. A Paris il assiste à l'exécution du meurtrier Tropman et consacre un essai à cet événement. La guerre franco-prussienne oblige les Viardot à s'installer en Angleterre où Tourguéniev les retrouve à la fin de l'année. La nouvelle *Une étrange histoire* et l'esquisse *Le Roi Lear des steppes* ont paru en 1870 dans *Le Messager de l'Europe*.
Tourguéniev passe l'année 1871 à Londres, à l'exception de six semaines pendant lesquelles il séjourne en Russie. Il rencontre des écrivains anglais, George Eliot, Dante Gabriel Rossetti, Robert Browning. A la fin de l'année il vend sa maison de Baden-Baden et s'installe à Paris, rue de Douai, dans la même maison que les Viardot.

1872-1878 : Paris et Bougival (première période).

Tourguéniev partage désormais la vie de la famille Viardot à Paris et, l'été, à Bougival ; mais il fait plusieurs cures en Allemagne et quelques brefs séjours en Russie. Il est gêné par de fréquentes crises de goutte. Flaubert est devenu son ami intime, et il rencontre fréquemment Edmond de Goncourt, George Sand, Zola, Daudet. En 1875, il fait la connaissance d'Henry James, en 1876, celle de Maupassant. Il reçoit souvent des Russes, amis comme Annenkov, confrères comme Saltykov-Chtchédrine. Il se dépense sans compter pour faire traduire et paraître en Russie les œuvres de Flaubert et de Zola et, en France, celles de Tolstoï, d'Ostrovski. Il rencontre Lavrov en 1872 et dès lors soutient sa revue *En avant !* et s'efforce de protéger les révolutionnaires russes traqués que lui recommande le leader populiste. Il voit fréquemment sa fille Pauline qui lui a donné deux petits-enfants, Jeanne (1872) et Georges-Albert (1875) ; pour renflouer les affaires de son gendre et pour construire à Bougival en association avec les Viardot, il est amené à vendre presque tous ses biens russes ; en 1876, il se découvre « ruiné » par la mauvaise gestion de son nouvel intendant à Spasskoïé.
La pièce *Un mois à la campagne* est jouée pour la première fois, à Moscou, en 1872. Tourguéniev publie quelques nou-

velles : *Les Eaux printanières* (1872), *Reliques vivantes* et *Pounine et Babourine* (1874). En 1874, le roman *Terres vierges* conçu en 1872 paraît simultanément en Russie et, en traduction française, à Paris ; il connaît en Russie un « fiasco », mais en France et bientôt dans toute l'Europe, l'œuvre devient un best-seller ; Tourguéniev passe même pour un prophète quand la Russie devient effectivement le théâtre de « marches au peuple » et d'attentats terroristes. En 1877, Tourguéniev commence à écrire des poèmes en prose non destinés à être publiés.

En 1875, Dostoïevski a fini par rembourser à Tourguéniev sa dette de 50 thalers.

En 1877, Tourguéniev a rendu visite à Nékrassov mourant ; en 1878, il se réconcilie avec Tolstoï. A Paris, il est choisi comme vice-président du Congrès international des écrivains dont le président est Victor Hugo.

1879-1883 : Paris et Bougival (seconde période).

En 1879, Tourguéniev perd son frère Nicolas. Il part en février pour la Russie où ses confrères et le public des deux capitales lui font un accueil enthousiaste. Il est revigoré par cette réconciliation avec son pays. De retour à Paris, il prépare avec soin l'édition de 1880 de ses *Œuvres complètes* en 10 volumes. Ses deux derniers séjours en Russie sont également réconfortants : en 1880, il partage avec Dostoïevski la vedette des manifestations organisées lors de l'inauguration du monument de Pouchkine ; en 1881, il passe un été idyllique à Spasskoïé, entouré d'amis ; un tendre sentiment pour la jeune actrice Marie Savine réchauffe aussi ses dernières années.

Tourguéniev écrit encore, outre ses poèmes en prose — dont 48 paraîtront en 1882 — des souvenirs, et des récits plus ou moins fantastiques : *Vieux portraits* et *Le Chant de l'amour triomphant* paraissent en 1881, *Un désespéré* en 1882, *Clara Militch* en 1883. Tourguéniev est très frappé, en 1880, par la mort de Flaubert. Il continue à diffuser en Russie les romans de Zola, les nouvelles de Maupassant ; il recommande aux lecteurs français la traduction de *Guerre et paix*. Il apporte toujours le soutien de sa plume et de ses relations aux révolutionnaires russes.

En 1882, la fille de Tourguéniev abandonne le foyer conjugal car son mari, définitivement ruiné, la maltraite et cherche à extorquer de nouveaux fonds à son beau-père ; Tourguéniev doit secourir sa fille et ses petits-

enfants ; c'est alors, au mois de mars, qu'il tombe gravement malade, probablement d'un cancer de la moelle épinière ; son agonie dure près de dix-huit mois pendant lesquels la famille Viardot l'entoure de soins et d'affection ; quelques rémissions de la souffrance lui permettent de corriger des épreuves, de suivre la préparation d'une nouvelle édition de ses *Œuvres complètes*.
Tourguéniev meurt à Bougival le 22 août/3 septembre. Lavrov ayant aussitôt dévoilé dans la presse les soutiens qu'il a reçus de Tourguéniev, le gouvernement russe interdit toute cérémonie officielle lors de ses funérailles à Saint-Pétersbourg ; et la foule immense qui accompagne sa dépouille mortelle le 27 septembre/9 octobre est maintenue dans l'ordre par un déploiement discret de forces de police.

1883 : *Œuvres complètes* en 10 volumes, édition posthume.

Impression Brodard et Taupin
à La Flèche (Sarthe),
le 20 février 1996.
Dépôt légal : février 1996
1er dépôt légal dans la collection : septembre 1990.
Numéro d'imprimeur : 1870N-5.

ISBN 2-07-038311-3 / Imprimé en France.

76009